BLOCK LEGEND PAPER BY THE TON IV

KEVIN GREEN

authorHOUSE®

AuthorHouse™
1663 Liberty Drive
Bloomington, IN 47403
www.authorhouse.com
Phone: 833-262-8899

Published by AuthorHouse 11/11/2020

ISBN: 978-1-6655-0775-2 (sc)
ISBN: 978-1-6655-0774-5 (e)

Print information available on the last page.

I can white this and I can white
that, and I can white this and I can
white that. Do anything for the scrach.

05-29-2020
Alternative Song

I AM ZOM

Their coming to get you Barbara

Roar
I am Zom
I am Zom
I am Zom, Zombie
Run, pretty, run
I am Zom, I am Zom
I am Zom, I am Zom, Zombie
Cures of unholy scriptures
eating me alive
I am Zom, I am Zom
I am Zom, I am Zom
Run pretty run
I am Zom, I am Zom
I am Zom, I am Zom
Consumption of the undead
and the wick and the wicked
I am Zom, I am Zom
I am Zom, I am Zom
Zombie
Run my pretty, run. I am Zom, I am Zom, Zombie
(screams)
Whispers of vision of
those that lie in wait
thicker the pain inside
I am Zom, I am Zom, I am Zom, I am Zom
Zombie

Victory has risen
Watching flesh tern to
bone quinching the thirst of
the evil with in
I am Zom, I am Zom
I am Zom, I am Zom
Zombie, Zombie, Zombie

Roar!!!
I am Zom, I am Zom
I am Zom, I am Zombie
Quick run my pretty
Roar!!!
I am Zom
I am Zom
I am Zom
Zombie, Zombie, Zombie, Zombie
Roar!!!
Let the bodies
hit the floor
I am Zom, I am Zom, I am Zom
I am Zom, I am Zom, I am Zom
I am Zom, I am Zom, Zombie
(I'm coming for you Ellen)

Alternative
06-14-2020

I came from a distant solar system
I came from a distant star
So near and yet it seems so far
I can't imagine reality here
My life is torn, it feels like
somebody's taking my life away
I bare the scar of sadness
and pain hoping the stars in the
sky come and take this pain from me.
This pain that lies in wait so
patiently, it's so sad to see my life
falling so fast, floating away from.

I came from a distant solar system
I came from a distant star
I came to conquer the madness and fear inside
I came from a place inside of me.
I came from a different planet
I came from a parallel dimension
to protect all the light and dark you see.
I landed and was picked up and deceived
by giants, that came to take this life you see.

I was caught, standing parallel across
the room, staring at these eyes you see.
Gone and never forgotten.
Caught by confession of unworldly
thought, as if I was staring face
to face at my reflection of own destiny.
Stained and branded as a product
of manslaughter, madness, torchur,
bloodshed, power, child abuse and
severe neglect.
Labeled the enforcer, the unfortunate
the lesser than. As I continue to
watch the stars fall.

Scared by others
Loved by others
Smothered by others
Touched by others
And hated by all.
Captured and slain by giants
Can you tell me how many logs can
a woodchuck chuck?

06-14-2020
Alternative

I am Zom part 2

Zombies come out to play ā.
Madness sickens the shadows of life.
Do you hear the flames of the sounds
from the harp, and the hounds of
Hell in the distance
I am Zom
I am Zom
I am Zom
From the death star
and beyond Roar
I am Zom
I am Zom
I am Zom
I am Zom
I come to you from a parallel world
I came from a different dimension
I am Zom
I am Zom
I am Zom
Do you hear the violens soothing
the screams and decay of Mayham
I can't imagine,
I can't break the code.
I see dead people.
I am Zom.

Can you save the unfortunate?
Have you witnessed the saddness and desprite children of America?
When does the reaper come to take the pain away?
How many bettles can the unfortunate
fit on a string? I ask myself.
As another piece of me falls into existance.
Pain is thoughtless, as I witness
the torchur and the manslaughter reign supreme.

Still haunted by the fright and
sight of the madness and bloodshed
that cools the pain.
As I'm again swallowed by the giants
that came forth to devour me and
my soul, as the untold wisk my life away.
Please don't let them take this life
away from me.

06-14-2020
Alternative

Teacher
Attention Class
Parallel
Paralells
Paralleled.
Who dares to stepforward
to gaze upon the looking glass
Teacher, Teacher
I dare not say, for my heart
may not answer, due to the
shattering of my heart.
Attention Attention
to all that may listen
I've come from a paralleled world.
I've came from a parallel dimension.
I've come to satisfy
your intellect incert a program
chip and blast away
I've created a monster inside my
closet, and I can't stop it.
I need some more sugar on my
toasted flakes and a great big attitude adjustment.

I hope you can head bang to this
Flesh to flesh, face to face and bone to bone.
Different colors of red paint the floor.
Different arays of light echo through the hallways.
May I ask for more
What's going on here
Is everyone okay.
As madness arises
Crawling on my sites.
Somebody help me
Somebody slides wickedness away
and buried it under the carpet
Help Me
Help Me
I'm turning into what seems to
be a Zombie
I am Zom

I am Zom
Do you believe to be a
Zombie
Roar Roar
Roar

Attention
I need some more goodnight sleep
and some more Tshirts from holester
and the banana republic.
I need some more fuel to boost me up,
Attention
just to stand up in public.
Teacher Teacher
I've studied the information
you gave the class
and researched the Great Republic.
I recieved an A+ in class and I
passed with flying colors
and I still don't deserve it
I've created a monster inside
my closet and I won't
stop it.
Attention class
Parallel
Parallels
Paralleled
(Teacher, Teacher), yes, children!

*I'm sticking to the script playa potna it's just me myself and my own staying st??? low key taking chrome just incase I gotta protect mine by putting a bullet ??? we don't infiltrater I'm sticking to the script my nigga fuck these hating as niggas I'm ??? low key pistal chocked and I know these niggas know me they out here trying to take ??? spot but talk is cheap so these niggas are going to grow me but you know I ain't trying ??? because these niggas know me out here doing what I was meant to do hollering at a couple bitches trying to bring in a G or two these niggas in a bitch plot and scheme it really don't matter to me to me brain matter is what matters the most keeping my finger on the trigger at all time staying focused cool calm and collective at all times staying real like I wantta be a all times protecting me myself and my own with the chrome not all times so these niggas can't take mine I'm out here to get I got a business opportunity let me know if you down with it out here with nothing but money oh my mine I love making money fuck wasting time I'm out here to get paid I can get laid later out here staying low key with that tuff turf talking town behavior staying on the grind until I make or break mine. I don't have time to lose I'm out here to stack up dodging these haters until it's time to pack up and move I'm money motavated hustla with nothing to proven I'm a get mines regardless trying my best not to waste my time holding on to the line waiting for the world to give me mine making sure I keep that money on my mine these hating ass niggas can take one bullet at a time fuck these hating ass nigga stay just waste my time playa potna I'm just out here sticking to the script hoping I don't slip keeping my eyes on the prize keeping a tight grip on my grip doing what I gotta do to make shit happen making this money move out here gripping my balls with nothing to prove playing the game smart staying stuck to the groove knowing if I stick to the script it's no way I could lose keeping my mind on my money and my money on me I don't trust these niggas out here because they know me in case these niggas act up I let my nine hold me out here rising to the top until my block disowns me I'm out here to get it holla back at yo playa potna and let me know if your darn with it until then it's just me myself and my own staying strapped with the chrome taking a blunt to the dome making money buy the zone holla back at yo playa potna as I having up the phone Hope my patna eating well, as I listen to the sound of the dial tone

*You got to be careful who you call family, and friend these niggas out here out to get me hate to see a nigga doing good and love to see a nigga down and out but knowing me I can't stay down to long I'm never out for the count these haters love to test me sticking to the game plan stick to the grind never worried about you always concentrating on mine keeping that money on my mind never wasting my time stick to the hustle like a semiautomatic nine not meant for glitts and shine strictly meant for the grind all these hating ass niggas do around my way is strictly waste my time always trying to separate the real from the fake hoping these hating ass niggas don't break me I'm to close to the grind this money can't shake me doing what I gotta do to make a dolla and make these bitches holla my name this fast cash got me living lovly and I can't compliane keeping my mind over muscle forever stuck to the hustle stacking up my capital getting ready for the struggle doing whatever it takes to keep that money moving if you don't think I'm a go getting then what the fuck am I doing sticking strictly to the streets hustling out here to make ends meet fuck standing on the cornor I'm mobile with mines keeping it moving from street to street hot as I want to be with the heat under the seat. Knowing these hating ass niggas plotting against me that's the reason why my nina stays with me stuck to the grind protecting me and my own I don't need no help I'm old to get it on my own. Clip full hammer cocked gripping my chrome hoping to live the life of luxury and never die alone to you the street is the street

but bitch nigga this street is my home you can hate me if you want to but I'm staying real until they put one in my dome these fake niggas don't make me these fake niggas can't break me no matter where the streets take me staying real in it for life fuck the thrill coming from a place where niggas stay stuck to the grind and can't afford to waste time where dollers don't come cheap where dope prices can rise or fall twice a week where niggas shot to kill pull first and ask questions later where niggas stack full on the heat for the lap of luxury Jordan's and Gators where nothing is free especially a family favor where niggas stuck up now just to spend later.

??? did did did diddy did did did did dumb dumb If you really want it playa potna ??? come get some I'm super hard with it many can't help my self no time to do for you I'm too busy doing for self fuck signing a contract just to sit on the shelf sorry playa potna being broke is bad for my health, out here doing keeping it business business likes for business types I'm too busy making money my nigga fuck a legal fight we can knuckle up if you want to ya ya dame right I keep a mean left jab and I love to hook I keep an incredable right I'm super dumb with it loving to turn my brain off I'm an animal my nigga don't turn the game off I'm hard super dumb with it with no time to be soft we all can get soft these niggas hated on me for trying to buy a loft loving to hate me everytime I turn my brain off a life of living in the street loving to let go listening to sound of the next man's heart beat I'm super hard and straight dumb with it ain't no time to hide shit niggas from my hood cockback and bomb shit I'm out here off my rocker my nigga what don't you get we can split your brain tell me which part can I get I'm sick in the head loving to grip the head why would I give a fuck when I'm already dead I stay hard super dumb with is over here gripping lead high as fuck with a few more cents in the head. If you roll the dice you pay the price now nigga break bread we all make bread so why would you hate on me all that shit that happened to you ain't because of me I gotta few cents and a couple of balls you can hold for me everybody knows there hating ass niggas get no love from me I'm real with it you know homie that's how it's suppose to be I shouldn't have to say it again yo bullshit ain't because of me but if you really want funk then antie up homie you can get it all from me I'm going through the shit through and it don't help giving the opposite of love to me but take too much time to not care I'm busy gripping my nut sac putting the ovie goovie green in the air and hell naw I can't share with these hating ass nigga sprinkling the block putting that hate in the air sorry my nigga I'm not soft stop jumping on my testies my nigga it's time for you to jump off I'm super dumb with it the exact opposite of soft I'm tried of your babbling so if you don't want none then back off like I told you before I'm super dumb with it and stay toating that hard core if it's not time for war then leave the shit on the table dealing with niggas who don't give a fuck and always willing and able sorry playa potna my life is no fable I live the hard life for real living the life of crime they don't show on cable because I'm super hard with it man I'm did did did did dumb dumb just holla eat your playa potna if you really want some. I'm did did did did did did did did did dumb dumb

private pussy in the pocket pimpings the same no matter the color the religion or the motherfuckin name life is cold and hard when your living in the pimp game but who am I to knock the next man's hustle as long as his hustle doesn't knock my nigga do what you do trust me home boy I ain't never worried about you I'm too busy focused on the grind waiting for my ends to come through your never suppose to come between a mom a his food that nigga might bit ya or even worst homeboy niggas don't have time to fight ya now a days niggas act dumb wit it cockback and spray AKs with remorse homie playing the rules of the game cross the line homie and you might have to pay with your brain they think the life of a hustle easy man it's a God dame shame some of these niggas don't play by the rules no more putting salt in the game stealing the cost to be the boss killing niggas and don't even remember the name doing anything to make that all mighty doller ain't no rules in the art of selling Kane my nigga hustling ain't easy hoping when it's all over my life won't leave me where niggas friend for the taste of money and savor the flavor a place where life ain't free a place where life has no problem to frown on me hoping to afford the cost to be the boss and live in the lap of luxury hoping to live a life worth living hoping life doesn't frown on me.

*All bets against next my back against fuck them all how can I win when their all against me me against all yall ain't nobody else standing with me I ain't going nowhere if these niggas really want it then let them come and get me I say fuck them all and let the hollow tips fall it's my life or yours when my back against the way kill them all bust first no need to ask question later we can shot it out now and let them separate the bodies later I don't give a fuck bust back homie I'd consider it a favor it's been fuck me so you know it's fuck you if I had the upper hand I'd probably you already know what I would do if it ain't no love for me then it can't be love for you so bitch nigga fuck you yall niggas can't tell me shit I'm a Capricorn homie I stay stubborn as shot so bitch nigga if you really want to open up and suck dick stick in an insane state so you know I stay suck I'm always open up to open up incase you want to lick I just don't care my middle finger up while I best shots in the air next time there won't be any warning shots at all you stand up homie this time I'll make sure you fall hating on me me nigga when all I was trying to do was eat and stand tall but you had to eat all bitch nigga but fuck you and your table scraps and your nickle and dime hand outs I can't picture your face but what would you do if a nigga took yo cash route you'd probably put one in his temple or cockback and knock his ass out nigga's where I'm from don't play with bread they catch niggas slipping just to put shots in their heads. Big homie we all gotta eat that's why I keep the hammer cocked and ready waiting under the seat don't worry about me potna I got pounds of heat with enough extra clips to last a week so don't sleep I'm a be creaping while you sleeping I had no choice but to learn how to swim since you pushed me in the deep end so I think it's time for the bullshit to come to an end I already lost so do you think I give a fuck if I win I'm always real I don't have time to pretend. I been looking for you everywhere with time to spend hoping to do what's right and bring this bullshit to an end as the tires spin smoking up the area with an eye out thinking of the ten million ways to bury ya live hard and die later hoping I get a chance to see your eyes froze I didn't bring the beef to the table this is the menu you chose I'm down for whatever it don't matter who's froze but one of us gots to go you said you wanted it potna so I'm trying to give you what you asked for my advise to you is don't sleep I'm riding hot and heavy and the glock that I keep cocked hasn't ate in weeks I'm out here on the street with hollows that seek heat your the one who ask for the beef not me I'm just trying to heat it up riding through low key with something to eat it up I say fuck em all and let the hollow tips fall no choice but to defend myself when it's me against all yall with all bets against me my funeral's taken care of incase I miss and they hit me so fuck em all and bet the hollow tips fall what else can I do when it's me against yall

* I put the heart ??? streets put in ??? went out to get ??? wraped it up an??? let my talking d??? walking for me t??? ain't cheap back and ??? homeboy two or three times a week stay up with no sleep many time to get paid stay loaded up and cocked ??? these niggas who act shade it's time to get paid or get spraid homie I'm all in, ain't no time for losing I'm dying to win and it ain't no faking ain't no fronting what's time to get in where I fit in I ain't putting in work for nothing everythings on the line they say it's hell or jail when I'm out to take mine hoping they can't make or break mine hoping it ain't all for nothing I guess I'll find out in due time keeping my ears to the street my eyes and pockets open keeping my mouth shut letting my work talk for me they say action speak louder than words so I let if you don't believe me then you can listen to the AK spark it's tuff to survive living out here in these streets where niggas die everyday don't worry about me potna it's best you watch the all.

*Rewrite

Oh no they caught yo boy moving the dough I see the lens pointed at me ??? carmera pushing the snow tights on turn the lights out in this bitch keep ??? glock cocked counted the seconds like a stop watch ain't nobody taking my shit I've been working to hard man ain't no time to slip rolling dipping and folding up making sure everything is wrapped up before I get wrapped shackled hand cuffed and arrested kicking it in my own. Shit getting my nuts tested don't worry about me what you can't see can hurt ya kicking back laying with no problems to squirt ya working with that sound of the man working on the chain gang if they catch me slipping again I'd be in the pen singing the same thing with nothing but time to waste while I watch my nuts hang so I can't let them catch me now how can I get rid of the evidence so they can't arrest me three to five my nigga if they catch me oh no not me I can't get caught up with this shit they say do the crime then do the time but fuck that shit looking from the cilan to the floor thinking of different ways to hide that's shit oh shit I done got caught up in the shit hope I can get rid of the evidence before I get my dome split the police around here known for that shit. If you they catch me slipping now strapped up I could get ten for that shit oh no I can't go out like that fuck facing 5 to 10 in the pen my nigga I had to flush that dame I'd done fucked up now the car that I saw before ain't the police now and the shit I just flushed down the toilet I could really use sight now dame I must be some kind of stupid thinking my freedom was over calm down nigga that ain't the police I told ya you'll never catch me slipping like that again money come money gone fuck going to the pen.

*Rewrite

If you ask my opinion I'd advise you to <u>layback</u> especially when your surrounded by hustlas, killas, and dope dealers who don't know how to act we coming from the hood remaining hood niggas so you should already knew how we'll react living life with no time for bullshit we out here too busy collecting stacks hitting Da Block hard like we reinvented crack that concreate you standing on my nigga yeah we own that we been standing out here for too long and we ain't cutting no slack we represent the Da Block so let them know where you at put yo hooding air and tell them niggas to take that we out here crazy as a motherfucker never scared to put a niggas head on flat. We just some money makers out here to let it do what it do with no time to waste so pussy nigga don't fuck me fuck you I'm representing Da Block till I'm dead so pussy nigga fuck you. You best to layback before we open up and unload and push yo back back don't think of it as a threat home boy that a promise fact and not fiction you fucking with them boys who don't give a fuck in the blink of an eye yo body could go missing out here harder then that shit that Da Block niggas cook up in the kitchen ain't no time to nickle and dime no more home boy we out here grinding so pay attention we staying on that money making mission I told yall hard headed niggas before but you know they ain't listen niggas die every day my advise to you stay at the kitchen is to not go missing fucking with these niggas truer then life and straight stronger then fiction this shit here is true to life this ain't no God dame game niggas die every day so watch yo mouth and gard your brain lay back and pay attention I'd hate to see one of my loved ones gone with their head gone missing that's my advise to you but you don't have to listen to me homeboy go head and do what you do, these niggas don't give a fuck about me so why would they give a fuck about you my nigga but I do watch who you play around potna and remember what I told you when the going gets hard these nigga ain't gone remember that they owed you. They keep they eyes on the prize forever quick to fold you I wouldn't lie to you playa potna so just remember what I told you. Sometimes it's easier to start over and start a new niggas stay money hungry out here no telling what they will do, so layback get your grind on and hustle like you suppose to do, them niggas don't give a fuck they threat to kill because they owed you

* Rewrite

??? dead just waiting my heart to flatline awaiting the reaper ??? to hold on to my soul stuck in the fast lane pressing fastforward??? hold on me they could turn the lights out any minute taking advantage ??? of the life I live because I live it, feeling death breathing over ??? second every minute shit I'm already dead stuck in the fast lane liv??? with a price over my head I know I can't beat them all so I roll up ??? cloud of smoke waiting for bloodshed I might a clip to the body or just what other outcome could it be for me with a price on my head eve??? it's the last one everyday alive trying to survive feels like it could be ??? keep my mind on metal and if I could I would empty the clip squeeze??? last one stuck in the game called life where you only get one living a ??? hard to survive never knowing how much time you have to remain alive??? finger on the trigger eyes open ready to delivery when it's you or me never h??? to shot first making you shake and quiver I must protect my life ??? fuck the price on my head they don't know my life's cost stuck in the fast lane it cost to floss and everybody in the hood is trying to be the boss playing t??? and I lost I'm just trying to hold on with my finger on the trigger getting ??? on stuck in the fast lane thinking about my life and the desision I've made ??? taking blunts to the brain playing a game where it's win or lose you can win it ??? end up batter broken and bruised it all depends on the roll of the ??? the road you choose I guess I can't win them all especially when I was built to ??? I guess this is what I get for living the fast life stuck in the fast lane ??? living a life of crime shit I knew that shit would catch up with me in due time??? I guess no one can leave forever that's what they told me rolling up another blunt waiting for my life to scold me tears falling down my cheek as I watch the smoke hold me like the life of crime grit and grim prepare to do the time saving up for my funneral saving every nickle every dime living in the fast lane with no time to nickle or dime out here in the fast lane living life like the world is mine looking over my shoulder hoping the reeper don't catch me trying to hold on to my life knowing death won't let me out here in these streets trying to control my life I guess that's what I get for living the hard life speeding living life in the fast lane putting the pedal to the metal with my finger on the trigger knowing today might be my last ??? staying strapped and loaded up with my semi automatic gun ??? death and life got me on the run hoping for one more day just ??? day under the sun knowing death is calling me with a full clip??? to put it all in me you do the crime the pay the time don't blame no??? tell the reaper to put it all on me that's what I get for living ??? in the fast lane with one hand on the wheel one finger on the ??? I'm tried of running tell the reaper to deliver.

*Lion's Den

It'll be a cold day in hell before you see me fuck up and cross the games to me streets smarts and streets tactics as a major part of the game. They try to take the beast out of me but I refuse to be tame no balls then no fame (no guts then no gain) you gotta have a heart of a lion to survive in this dope game. Staying with a heart of a hustla if your not me then I can't afford to trust ya we play like the ghost and the darkness so welcome to the lion's den when it comes to making money you ain't my family or my kin or motherfucking friend can't afford to share when your claws and teeth are digging in if I keep feeding you how the fuck am I suppose to win if it's dinner time my nigga then it's time to dig in these street are cold but my steal in colder they out here fucking with a nigga with a heart of a motherfucking soldier if ain't nobody else said it before just remember that I told ya my steal is cold but my heart is colder sleeping with one eye open gripping my nina tight I'm a grown ass man with money on my mind so it ain't no need to fight It'll be a cold day in hell before I let yall nigga's fuck with me as long as they moving I can care less if you trust me but when I'm hot I'm hot so bitch nigga don't touch me ???here hotter then a flame thrower ??? bitch with the cold ??? of a motherfucking soldier ???ask me again nigga I already ??? you can't stand the heat that ???

Stuck in the county jail cell with no room to raise hell stuck with another probation vio??? the bricks in the cell block stuck in this jail cell with no bail no bond and no money on the ??? my ends at home stuck out in the street getting my grind my stacking loot all the time ??? stuck in these county browns with no loot sleeping with the lights on instead of riding through ??? streets making money making transaction out there getting my shine on my everyday grind on ca??? now I'm sleeping in county browns instead of making hand to hand transactions in the streets ??? pounds listening to the amps make the speakers sound I know you know a hustla like me ??? that I catch another probation violation that might be the end for me living in this dame cell ain't the life for me hunger and just ate no matter what day it is it ain't never enough on my plate living the life in county browns ain't the life for me going to sleep with a health appetite the CO ain't got no love for me lock down taking the freedom from a man stuck between a rock and a hard place trying to call my ACE booncoon but with a phone pass you know the CO's hate counting the bricks on the wall stuck between a rock and a hand place stuck in these county browns waiting for my court date held without bond handcuffed and arrested and thrown into the belly of the beast stuck in these county browns with these chains on me hating it when they put their hands on me being stuck between a rock and a rock place ain't the life for me out of all the shit I do I can't believe probation got me waiting in the belly of the beast hoping for an early release burning up in the place I call hell how the hell can they arrest me on a probation violation without bail got me stuck in county browns waiting in this cell waiting to go to court hoping for somebody to post bail come on playa potna come and bail me out sitting in this cell watching the time fly counting every second every minute counting the bricks on the wall hating this cell because I'm in it if you want to know the truth I want to be free that's why I did it thinking about my arrest just another ones of life's test hoping they don't throw the back at me and slap me with case after case I see the P.O. shaking his head laughing at me before the judge even sees my case all bets against me ain't no ??? for me to even pled my case stuck in the belly of the beast caught ??? a rock and a hard place hoping for an early release living a life that disc??? me hating the fact I'm stuck in these county browns and this jail ??? because the county owns me I ain't that some shit they just gave that nigga ??? more years for a probation violation]

??? just another one of those rappers that come ??? a dozen waiting for someone to take them ??? shelf I'm the one and only your neighborhood ??? teller on a mission to make wealth I'm sorry homeboy I ain't in the streets grinding for my health don't get mad at me because yo grinding needs some help I'm out here grinding making it all by self breaking it down wrapping it up and constantly sending it out you know them dirty block boy know exactly what I'm talking about I'm the one and only one of the truest block pusha's staying open 24/7 everything you need for a price like seven eleven and you know you can have it yo way and ain't shit for free so if you want it fronted I'll tell you know way, time is money and homeboy money ain't free but I guarantee you won't get no compliants if you get it from me and if you get caught up homeboy make sure you tell them you ain't get it from me when you get out I got the cure staying equipt with that pure shit staying 100% pure all I can be is me I can't afford to be nobody else it's best you make use of me and make sure you keep me off the shelf yo neighborhood truth teller just playing the cards I was delt running through life staying stuck to the grind time waits for no one so it's no time to waste time living this life of drug dealing glitts shine good green and hard time waiting for the day when I can relax under the sunshine, but I gotta stay stucked to the grind time waste for no one straight to the top is the only direction I'm going everything is everything as long as the money keeps flowing haters around Da Block hate me because they not knowing I'm staying stuck to the streets keeping my pockets growing running through life and I can't stop flowing keeping my eyes on the prize I stop falling for bullshit now I read between the lines staying stuck to the grind I don't know about you but to me a double up is fine running through life dealing with the life of mine no time to waste because money is time running through life with no time to waste time staying stuck to the grind with no choice but to shine fuck these haters round the block I'm out here to get mine, no matter if it's a nine to five or holding a nine living the life of crime I gotta get mine with no time to waste I gotta stand for something even a zero takes up space I gotta stay focused hoping they don't take my place with my eyes on the prize hoping they don't cockback and earse my face blast and unload before I get a chance to plede my case turn the lights out on me before I receive the taste living life stuck to the grind with no time to waste how do I fit the description when my face is my face and you know how hard it is to speak up with a loaded nine to the face to the streets I pledge my case hoping to be at the game and one day find out how sweet freedom taste but until then I'm stuck to the grind with no time to waste time out here on these streets living this life of mine by any means necessary living this life ???

*Rewrite

Hoping when it's time to go death doesn't take to long when it's my time to go I hope I don't have wait to long I can feel the reaper closing in knowing my life's almost gone, wondering who'll remember me after my life gone kissing life so long I guess it's time to go holding on to every second even when it's time to go felling my life drain away I got a funny felling that I'm a die today felling the reaper close in while I watch my life fade away hoping death doesn't take to long when the reaper comes to take my life away hoping the end comes soon when my life starts to drift away Death is the price for life and it's my turn to pay feeling the reaper close in I don't think I can survive after day head up and eyes open when it's my time to pay I want a look Death in the eyes before the reaper takes my life away Death's the price for life and it's my turn to pay wondering if they'll remember me when my life drifts away hoping the end comes quick living waiting to die wandering if I'm really ready to die. I know the reaper is near I saw his cape fly bye, waiting for death like a man should with my head high to the sky and my eyes open knowing it's time to reaper but I've sowed wondering if my spirit will live everafter or was that something I was told I'm not done yet I'm not ready for the reaper to grab a hold standing on my own two waiting in the cold. The world is so cold and I know Death touch is frozen, it's time to pay the reaper for the life that I've chosen. Ashes to ashes and dust to dust. My life is coming to an end I can see the reaper waiting on me just his cape waiting in the shadows and his unforgiveable grin I'm fighting a losing battle fighting against odds I can't win head up and eyes open as I except the final end. Can't beat the reaper he always wins.

I'm telling you and you potnas, don't bring that bullshit round here, we own these streets get the fuck from round here we eat in these streets potna don't bring that bullshit round here ain't no room for yall niggas get the fuck from round here

**Rewrite

We own the black ball and chain and the key to the lock with that hundred percent pure raw and uncut, only the real round here, niggas got to eat round here we pay to play up with no sleep round here with a choppin in the cuts for them niggas that try to creap round here I told you homeboy niggas don't fuck around round here, if you ain't from round here then the fuck from round here keep a chop in the gut to spit from here to round there niggas play for keep outsiders can't fuck around round here haters run deep be careful before you drown round here, these niggas got to eat ain't no time to fuck around round here it's pay or spray fake niggas don't stay around round here I'm telling ya homeboy don't bring that bullshit round here. we don't need yo help we keep our own round here sorry homeboy ain't no steped on round here only the best of the best when your fucking with the best round here we own Da Block from right here to right here told yall fuck boys before don't come around round here no more warning shots these niggas can die round here, we play for keeps we own the streets round here I told yall fuck boys we stay up with no sleep around here I remember ya face home boy I told you to stay the fuck from round here niggas died for less I told them niggas not to fuck around round here we own Da Block next time they in stay the fuck from round here we keep the good shit ain't no bullshit round here.

Backstabers always have an eye on you, they are always waiting to see if you will pull the knife out and turn it on stuck to the grind money is the bottom line, they fucking around with these niggas I might get my throat cut from ear to ear you know how backstabbers do, with all the enemies I got why would I need you dame I know this nigga close. So I got my eyes on you, can't let this nigga behind me he ain't the same kind as me, remembering every last detail I see this nigga looks like he may be outta get me

*What do you do in a situation you can't control do you hold on or do you just let go caught up in the fast lane living a life where it's too hard to say no do I hold on or do I just let go why do I say yes when I should just so no, always saying yes when I should just so no, caught up in the fast lane I ain't got nothing to prove I'm a grown as man paying the price for living this hard life never scared to die the hard way living in the land of Mossberg pimps and customized AK's and nine milemiters with the pistal grip the land of no mercy where niggas die to protect their grip I gotta keep my balance out here before I start to trip I can't let my mental state slip I know they're dying to catch me slipping out here where it's all or nothing so haters beware if you've walked in my shoes then you know how hard it is to live out here, where niggas die for less where 45's stay cocked ready to relieve the chest with no mercy and no remorse for the many that fell living in a place where we were born to raise hell, living a life of do dint and can't tell it, worse things in life here then going to hell living this hard life where I was born to fell surrounded by hustlas playas and pimps bringing in money and can't tell watching out for these hating as niggas setting a nigga up to fell, so I'm out here living the life bringing in the loot like I'm suppose to shit I might as well shit it's hard on these streets shit what's the difference down in hell stuck in the belly of the beast dying inside and I can't tell living in a place where we were born to raise hell caught up in the fast lane trying to keep my balance before I catch a stray bullet to the brain hoping living my life ain't all for nothing scared to let go of the streets but not afraid to pick up the 4

5 and bust him putting my faith in God even though I don't trust him I'm tried of being sick and tried sometimes I fell like if it's fuck me then fuck him I put my life in his hands and sometimes I don't even trust him, hoping my life ain't all for nothing stuck in the fast lane where niggas die everyday trying to make something out of nothing at home living the hard life picking the dice ready to pay the price.

*Don't touch me boy, you gone need more then them dog slay got to hurt me boy.

The word on the street said you want to merk me boy yo block turned against ya I want to know what you got to say when all yo homie aren't ain't ya. *

Yo niggas will get bought fucking with these nigga not afraid to saw off a sawed off I'm never ever soft just ask ya bitch nigga I stay hardcore my dick stands up whenever it's time for war nigga don't touch me I'm sick with it and you bitch made I gotta a couple drop cloths that will soak up yo blood like ice cold lemonade nigga you can't fuck with me I want to know this nigga who said he want fuck with me word on the street said he wanta merk a G I'm a grown ass man if you really want war I can introduce you to the mother fucking sandman nigga yo time is bought I really can't give a fuck I stay sick with it if yo want it come and get I got a clip for you and an extra clip for yo potna if he's down to slip it ain't no pussy over here pussy nigga I ain't going nowhere he said he wanta hurt me get plans to merk me and leave me face down in the mud thinking I ain't ready to go pound for pound nigga slug for slug I can give the fucks about yo bitching meaning and bitch made mean mugs nigga I'm a motherfucking made man nigga a motherfucking boss the hit on me nigga is yo lost I stay dipped in the sauce suited and booted up if you really want it my nigga all you gotta do is stand up so I can lay yo ass death round here we throw pound for pound cockback and aim and spit round for round I keep my ear to the street waiting for you bitch ass to come around and I never underestimate nigga bitch niggas kill too so if you plan aiming yours at the best believe I got one already aimed at you nigga you playing russian rolet and yo life is on the life nigga I'm already dead but you wanta die that fine stay a bitch bitch nigga and you'll get yours in dew time I stay hard nigga never afraid pussy nigga man up and get spraid how this nigga plan on marking me when he and sheat as gramma's ice tea and lemonade I ain't never scared you'll get yours in dew time until then expect me to remain a G with a twist of lime bitch nigga holla at me whenever I'm out to soak up this California sunshine and watch what you say I keep my ear to the streets my nigga and bitch niggas die every day. Keep your mouth shut if you don't want beef and never ever let me hear you talking about gun play peace up or die today

My comet wants to cut me out and take me out of the game and that fine fuck you hating ass nigga it's fine to back on the motherfucking grind time is money nigga so stop wasting mine you ain't the only connect around here my pockets will be just fine time is money and I stay focused on mine just keep that in mind when I slip and rearrange the game and push yo ass to the back of the line it's only a matter of time my game is wrapped tight it seems that hitting the pockets is how these big boys fight. I'll be back up again it's only a matter a time they want me gone and taken me out of the game but you know I ain't going nowhere right we fighting for cash and it's time to arise up I've fallen and now I'm on my way up my connect can't stop me they said I can't do it again niggas just sit back and watch me when I'm hot I'm hot and I'm too hot to stop me no time to cool off keeping it moving making my work work for me is what you see me doing, don't want me out even when I down I'm never out for the count don't ever count me out I coming for big money in large amounts

08-27-08

IN COUNTY LOCKDOWN

Dirty money means more money for me, even though it's dirty money it's still smells good to me how can I kick the bitch if the ho still loves me sticking to every doller making me hold every cent I know the ho loves me after all the money I get. Dirty money ho money means mo money for me how can I kick the bitch if the ho still loves me love that ho and all the money she bring I can't stop now I can't let that fat bitch sing, you can smell the bitch through the bag it's enough to make your mouth water I stay hard but around here we push soft you can smell me around your area they pay to date the bitch no matter what the cost niggas slang the hard but niggas love the soft have you searching for the nearest table to dust off and it's cut so clean kicking it with the number one American Dope Dealing Dream team everything's already marked and weighed no need to use the triple beam you fucking with the best team with the cleanest cream so even if you hate me you love me but I'm here to sell bitch making that dirty money go round I love the smell of ho and the way that paper sounds if you want ho money you gotta show money to me I keep the best and nothing less no bullshit from me feel free to get dusted my ho is the only ho I trust these other bitches around the way can be stright scandalus that way I stay faithful keep enough to sit on fucking the competition up making enough money to shit on keeping everything on the up and up feel free to get yo hit on let me know if it's too strong they want the most bang for the buck you can put yo money in my hands I got the only bitch I trust I got bang for yo buck clean cream living the underground American dream kicking up dust with the best American Cream team you ain't gotta buy dope from us but like I told you home boy this is the only bitch I trust so clean and so pure she can't wait to get fucked I got what you need the most bang for yo buck dirty money ho money means mo money for me if my bitch is calling yo name I guess it was meant to be do what you do potna then bring yo money to me eventhough it ho money it still smells good to me

*Rewrite

Well have yo stomach sitting sideways, we'll have yo stomach sitting sideways arm and leg detached jump in to the car and off with yo scratch D Boeing nigga everything in the area getting snached well have yo stomach sitting sideways pop yo top and fill you up with lead nigga. Niggas like to trip so it's off with yo head nigga time is money so nigga get to walking let my nine talk for me so nigga stop talking these niggas know to stay inside when them dogs start barking no matter what happens you know the code nigga no talking cross the game and get buried alive if I get caught up I'll get 25 and do about 10 to 5 but I doubt a bitch made nigga like you will still be alive, nigga I'm here to take pockets tightening up the game like a nut to a socket ho niggas stay indoor use yo key and don't unlock it we out here D-Boeing niggas and these nigga can't stop us. Cross the game and we'll have yo stomach sitting sideways so strip bitch made nigga you can't leave until I say

* If I should die before I wake I pray the Lord my soul to take and if it's my faite to meet my fate I'll give the Lord my soul to take. Now I lay me down to sleep protect me from those who try to creap.

They say I'm better off dead full of lead with a price on my head ready and willing for war and bloodshed trying to catch me sleeping I hear them creaping trying to take me out listening to every word that fall out my mouth now I know I'm the hottest nigga I know without a doubt trying my best to maintain with a blunt in my mouth and a semi automatic in my hand why don't they understand I don't want to kill but you know I can fill a nigga up and push his head back I know you listening to me nigga you can tell the nigga I said that I can leave you six feet deep for trying to creap on me nigga I told you I'm not waiting with my finger itching on the trigger if a nigga want beef then it's beef I'll deliver hating to see a nigga leak in his shoes shake and quiver I told you not to fuck with me now I gotta stand and deliver and watch the bullets dissect you from the head to the liver, why these niggas want to test my nut sac I'm the nigga to bust not the nigga to bust back ready to fill you up with lead nigga and push yo back back, so nigga back back before I gotta react with the mine and blow yo mind just ask around nigga my aim is one of a kind they said I'm better dead full of lead with a price on my head now I ain't got nothing to loose so I'm aiming head and neck I live the hard life so I guess this is the life I get they want me dead but I ain't dead yet protecting mines at all time I know these nigga got it out for me but I'd be damed if they take mine

I'm dying on the inside, dying on the inside, it feels like I'm dying on the inside, dying on the inside I can't fight the pain crying on the inside. It feels like I'm dying on the inside. Somebody come and take my pain away I don't think I can face the pain today taring me up inside, this pain I feel I have to hide. It feels like I'm dying on the inside. Somebody come and take my pain away. Somebody come and kill my pain today. I'm dying on the inside dying on the inside, it feels like I'm dying on the inside. This pain is too much to hide feels like I'm dying inside feels like I'm getting ripped to shreads. Somebody come and kill these voice swimming in my head tell them they can have my body instead, feels like I'm dying inside I'm dying on the inside dying on the inside fighting this pain is too much to hide Somebody come and take my pain away Somebody come and kill my pain today

I'm dying on the INSIDE
Don't think I can take much more of this I'm dying on the inside and I kill my pain like this
Somebody come and take my pain away somebody come and kill my pain today
Feels like I'm dying on the inside
Crying on the inside this pain is too much to hide feels like I'm dying inside

Be careful, make sure you dip in where you fit in, because most of these people who act real just pretend, don't get lost in the wind, and watch out for the devils face and his evil grin

*Rewrite

What is it about me do you despies. I know you hate me I can see it burning in your eyes, and the eyes don't lie, they tell the tail of hate, a starving motherfucking ready to take my plate, now what is it you hate about me I know it ain't the money, you got a hell of a lot more then me so what could it be I can see the hate in your eyes so I know you hate me, they say don't hate the playa hate the game, the money, the bitch or whatever it is driving these motherfuckers insane, calm your nerves bitch nigga and relax your brain I'm not crazy my heads been check I'm not the one legally insane, I'm the out here trying my best to make ends meet just to maintain, so why would you hate me come on now nigga you make more money then me so what kind of competition would I be but I see a nigga got his eyes on me like a peeping tom with extra eyes on me I'm trying to figure out what it is you despies about me I can see the flames burning in your eyes you say I don't bother you but the eyes don't lie. I'm the one out here putting together a plate and this bitch made nigga picking off my plate even after the nigga just ate I guess if I was him I'd want me to fall too. I'm no hater shit I want it all too but I would never cross the game just to hate on you. I know we all know the rules and regulations to the game we play and the types of action people take after violations I know it gotta be something else another reason for the hate these niggas got for me I know niggas throw a lot of salt in your game but none was thrown from me so why in the fuck would this bitch nigga spend time hating on me. I just can't figure it out aren't you that pussy ass nigga with all the clout all that game that's driving you insane take a word of advise nigga sitback and relax your brain I would help you out but I still stuck to the grind I'm out bitch nigga P.S. stop hating on mine.

Awaiting early release

You can keep the belly of the beast stepping out of the pit to the street with a pistal grip Mossberg to take my piece I can't help but heat up I'm hot don't touch me nigga heat that ass from the feet up if you wanta test these don't cockblock me nigga you can jump off the testies and mind your own I here to get mine get paid and get laid later I gotta stick and stay stuck to the grind fuck you and yours nigga I'm all about my never wasting my time life is short but never sweat out here doing what I gotta do just to make ends meet I survived hell walking out the belly of the beast pistal grip in hand taking my piece of the street you gotta give me mine you already got yours like 50¢ cents said when it rains it pours I stay hard nigga always ready for war I stay together even when I'm broke you can see the heat coming off my head so you know I smoke so don't check and make me cockback open up and unload I'm stuck in the game nigga with no time to hold going for the gusto at all time boy I'm hot wish would a nigga would try to take mine nigga I stand and deliver make your body shake rattle and roll and watch your body fold up don't test me nigga we roll around here with swole nuts no need for the truck I keep mine on me walking with a heavy leg to make sure these niggas knew me and if you want come get it I'm ain't going nowhere I a few buck shots for your belly ready to send that ass to the pit so when a motherfucka ask you you can tell them I own this shit sitting on Da Block nigga loaded up clicking my pistal grip if these niggas won't buy from me then I guess I'll just sit, trying to make mine during hard times staying low key with a gangsta's twist yall motherfuckas can have that butt I own this shit

*rewrite

Coming for yo head nigga, pockets stay feed nigga no need to break bread nigga they got a taste for blood and clips full of lead nigga they coming for yo head nigga time to tighten up the knuce no mercy for these who chose to cross the line I know hit men who hit men to them 25 to life ain't nothing but time they coming for yo head nigga now it's only a matter of time I know your crying on the inside, you bitch made too I know your dying on the inside because I saw your face turn blue, it's time to turn up the heat with a taste for blood these fully loaded clips mean more then shit talking and mean mugs no need to break bread nigga you crossed the line now do the time now it's off with your head nigga and remember I told you first when it's your time to go and your body is dying of thirst we're here to tighten up the knuce sitting here carrying something a lot heavy then a duce duce, we semiautomatic and automatic reload coming for head shots potna to watch yo head explode ain't no fucking around round here you crossed the line so we're coming for your head just to make that shit clear ain't no if ands or buts, out here fucking around with real hustls killers and dope dealers who carry big nuts no need to break bread nigga you crossed the line so do the time now it's off with your head nigga so I can watch you die on the outside cockback and let go just because the chamber said so how many bullets does it take to full a bitch nigga man I'm dying to know no mercy for you when it's your time to go shh don't tell no body I got an extra clip on the low (do we show remorse for these niggas my nigga hell no, leave they ass leak where they speaking, because the chamber said so) no love for yall nigga when it's time to cockback and let go. It's off with yo head nigga crossed the line now pay the fine it's off with yo head nigga

*rewrite

You fucking wit a flame thrower hot and heavy riding low key sitting heavy in a chevy no stops to make nigga I'm already ready. It's time to let it do what it do. If it comes down to it playa potna I can send flames right through turning up the flame from red to blue nigga I stay hot weather you like it or not ready to do. Do dirt time to put the flame to that ass pulling up these bitch niggas shirts I'm so hot it's hurts ready to release the beast and always down to put in work heat a nigga up to cool him off and leave a pussy nigga face down in the dirt I know it hurts but nigga it is what it is in through the belly and out the back way nigga. I'm hot when I'm hot so if you don't want to cook stay the fuck out my way watching the semiautomatic sway from side to side ain't no time to talk shit bitch nigga we came to who ride with an extra chrome clip by my side we came to do dirt these niggas crossed the line they said they want fuck and bitch nigga that's fine with the mind of metal to put that metal to yo mind you want me to cook beef and that fine my nigga bring on the meat I ain't never been a picky eat when it's time to eat loaded up and ready to let the beast release the heat I standing here nigga and now the heat ain't under the seat aiming for the head fuck the chest plate ready to turn yo face to mince meat I'm always at the table when it's time to eat

* Rewrite

It ain't no love for me so I wonder why it ain't no love for you I stay real I don't know what the fuck they told or the fake shit they sold you, you must be talking to them other niggas nigga I don't owe you trying to hurt a niggas self esteem step across the line and fold you I ain't got no time for that fake shit bitch nigga I already told you stay the fuck away from nigga you gets no love just AK slugs. I got no choice but to protect mine no time for games so just don't cross that line I ain't one of these other niggas talking shit wasting time I'm the kind of nigga that will go out to find another piece and take a piece of mine and I don't mind dying for mine ain't no pussy over here just me and my nut sac chrome steady and ready I got something to cool you off when you get hot and heavy so don't bring that bullshit around matter fact just stay yo bitch ass from round here we can funk if you wantta but I don't playa around round here I can spit a round I can spit a round there don't fuck with me potna stay the fuck from round here ain't no trust round here if my twenty year old potnas and my ten year potnas can turn they back on me then a two week old nigga can to nigga stop being fake being real is what your suppose to do niggas die for less read the bible now the hollow tips blessed gripping my nut sac waiting for a nigga to test ain't no love round here talk ain't cheap and these bitches come a dime a dozen you ain't get that bullshit from me but if you want I release the beast and you can get a piece for free ain't no fun and games homeboy so stay yo bitch ass from round me these niggas always trying to test my nuts sac watching me with a finger on the trigger thinking I ain't gone bust that these niggas got me fucked up I want it all and a bag of chips ain't no love for you potna I would have no problem with feeling you up and watch yo eye drift if don't make me none because it don't make me none it ain't time for games homeboy and the game ain't for fun so don't play my nigga I play for keeps it's either you or me potna somebody going to get left in the streets these niggas started the fire and put me all in I can't afford to lose and I'm dying to win so bitch nigga let it do what it do remember it ain't no love for me potna so pussy nigga fuck you

Keep an extra clip for these niggas that hate and a extra box of shells with bullets yo body can appreciate they say I got a date with death and bitch nigga I can't wait show me that your real and don't fake nigga I'm all in pick up the dice my nigga it's time to shake, shake I was born real yall niggas just fake

rewrite

I'm the shit they can love me or hate I really don't give a shit spitting the facts of life sometime stranger then fiction staying hotter then the flames under them pots in the kitchen and I can't turn the flame down with the weight of the world on my shoulders and I refuse to fall down crack but never crumble I refuse to go down most of us live in hell and don't even know it I refuse to be fake I stay real and I can't help but show it I gotta win even when all the odds are against me out here on my own trying to win when the worlds against and I don't fall down I can't fall down out here on my own two I don't do it for I'm out here spiting fire like I'm suppose to. I wonder how many people that say they know me really know me most these motherfucker didn't hand a single hand to hold me when I was down but never out for the count even with the weight of the world on my shoulders you can never count me out. I'm out here doing what it do can you really blame me for doing what I gotta do to make my dreams come are or you the staring at what I got wondering if I owe you. I'm out taking care of business doing for self sometimes money making is the only thing that helps we all can't win the lottery and have a down as bitch like Mike epps in all about the Benjamins so I'm out here to do for self on a haunt to stack benjamins and every doller counts I remember when I use to slang sac for sac and ounce for ounce started off small then moved up to large amount why would I care what you think when paying rent is the only thing that counts I'm living for me and nobody else I can't afford to live for you I gotta do for self sometimes making money is the only thing that helps. Living in a whole where can feel alone in a crowd of your own knowing when it's all said and done in the end we all die alone living in this cold world I have no choice I gotta make it on my own trying to find a safe place, a place of my own out here rising to the top trying to find a place called HOME lost in time trying to make it on my own to ??? is a ??? still ??? without his thrown.

*That money keeps on calling me I love the smell of cash and the adrenaline rush from making my fast cash last. That money keeps calling me following me everywhere I go say no to dirty money my nigga hell no, that money keeps on calling me I can't help but answer the call no need to stand up my money makes me stand tall. That money keeps calling me I let my work do my work for me so you know I can't fall. That money keeps on calling me rain sleat or snow feeling up and weighing boxes like Johny Depth in blow. That money keeps calling me I can't help but answer the call I miss money everytime I miss a phone call that money keeps calling me sometimes I call back business is business I can't afford to cut slack. That money keeps calling me I hear rain, sleat, hail, snow you should already knew it's all for the love for the dough and that money keeps on calling me why be broke ass fuck when you can let yo work, work for you and watch yo dreams come true that money keeps on calling me I don't know what else to do except for answer the call you know what I got for you can't slip on the phone you know how them boys do I can't help but answer the I see the world and want it all that money keeps calling me I love the smell of the loot and the feel of the paper, paper first we can worry about the weight later letting my work, work for me loving to see that number whatz up homie money keeps calling me I don't know what else to do I'm just a playa from the street and I want it all like you so I can kick back relax and watch my dreams come true. That money keeps on calling calling, calling, fade out ring ring ring

That money keeps on calling me 2x
Just listen to it calling me 2x
You should give it all to me 2x

* It really don't matter to me talk ain't cheap bring the reep two or three times a week you can keep the bitch nigga it really don't matter to me. These hating niggas hate me but can't break me I make money money don't make me so it really don't matter to me, it really don't matter to me

Dough before ho these niggas gotta wait in line time is money so don't waste my time I ain't worried about I'm too stuck to the grind so it really don't matter to me fuck these hating bitchs and two faced snitch fuck you and the pussy that you sleep with, you sound like a dick rider to me. I'm a grown ass man, can't get no pussy from me, time is money nigga and pussy ain't free, even if you fuck my bitch nigga you still gotta pay me. I ain't no dick rider I ride my own nuts like I'm suppose, too, don't hate on a nigga when all this pussy's around and ain't none for you, nigga ride the bench and wait your turn like a real nigga suppose too, no time to worry about you I do my my thang like I'm suppose too. The bitch picked me so what the fuck you gone do pussy nigga I'm through with you the bitch chose me because you act like pussy too. The bitch chose me so what the fuck am I suppose to do.

* You don't got to ask my nigga you know I fucks with it and I got it for the low if you want it come and get it ain't nothing but a bird to me our hands can't touch but you can get it from a nigga that serves for me it ain't nothing but some sniff and serve to me you know I'm good with it so ante up and send yo money to me, you don't gotta ask me my nigga you know I fucks wit it load up the ammo and I'll pull the trigger and take it straight to the brain inhale and exhale and sit back and wait for the drain I ain't shit to hide counting my money like three six rolling my blunts from side to side keep that bullshit at home round here we don't let shit slide, no sleeping round me ain't no fake shit round here we keep it straight going up and up round here pushing winter all year long, getting numbed up while this thick chick continuously sucks me up cash first homie we can conversate later you got what you ask for homie you can leave now or won't till later. I'm taking shots to the brain you don't gotta ask me homie I know how to maintain. You know what I fucks wit potna that sniff and serve ain't no bullshit round here to me it ain't nothing but a buyd if you want it I got it, it ain't nothing but a word

Face construction is the fuction after the guns blow, by the look of the yellow tape it's about that time go

IMN: 59878
Booking # 14593

09-14-08

SANDMAN

*** REWRITE

Old as the hands of time, wise as life, the Sandman watching and waiting, putting weight on the eye lids the one who can put even the strongest man to sleep, and leave limbs a glimps as soul serving only the sounds and visions of dreams. The king of the dream world, and the makers of dreams, the Sandman can even be the one to turn a dream into reality; make fact out of fantasy, and bring the truth out of fiction, the Sandman patient as the hands of time and as wise as life it self. The Sandman the one who need not worry about time, health, or wealth, the one who has seen all, and has survived through every season, watching and waiting to take you away and make your dreams come alive, the Sandman always make sure in your dreams you stay alive, when you live in the dream state you always stay alive to make sure that fantasy and dreams always stay alive. The king of dreams, and the maker of fantasy the who puts me to sleep, and the one who brings sweet dreams to me. Old as the hands of time and as patient as every season, the bringer of dreams, the maker of fantasy always waiting for the chance to calm the mind letting the body rest. The Sandman gives fantasy the chance to become fact as long as the mind can remember the dream, hold on to it and bring it back. Changing the landscape of life, making what isn't, what is the king of dreams strong enough to make the tuffest man cry, capable to bring visions through, from the dream state directly to you. Sometimes fantasy doesn't stay fantasy, something one should hold on to and watch grow. The Sandman can help warn of danger on the way or bring life into one's life, even when someone feels trapped the Sandman can make a dream feel like paradise, something to remember for all time, something that can be passed on, turning fantasy into reality letting the dream live on in the thoughts and in the hearts of others. Bringing lost loves and memories to visit so one can relive again. Catch the glance of a lost loved one so one can remember now love feels again, trying again to reach the dream state just to live again. The Sandman, the maker of dreams, as old as the hands of time the Sandman can always find you when it is time. The king of the dream world, and the master of fantasy, especially when it becomes stronger then fiction, and larger then life, the Sandman can bring life to life, and peace to cahos, all in a nights sleep, can put weight on the eyes and make the strongest weak, slip away into the deepest sleep, putting the body to rest and the mind at ease, always dulling the pain of life, easing the stress lifting the weight of the world from the shoulders when the Sandman enters the brain, turning reality into fiction and life into fantasy, one of the ones who watch over me. Always ready to help ease the pain and release me into a world still wild and always untamed. The Sandman old as the hands of time, the maker of dreams, always ready to bring peace to this life of mine. Paradise is just a dream away a dream can last forever and still feel like only a day. Ready and willing, Sandman come and take me away.

*

Ready and willing to stand and deliver a bullet to yo head clocks ticing got you waiting for lead and hollow yo head and leave your body leaking swimming in your own pool and watch your body drule with more holes to go just because the clips says so, ready and aim off goes yo head all for the love of bloodshed just to watch yo life pass if you come back again I'll be waiting with another clip for that ass, cockback aim and blast aim first and never shoot last, trigger finger steady and ready to blast he who pulls first feels the heat from the blast. Always ready and willing to stand and deliver and put a bullet in that ass one hollow tip, two hollow, three hollow tip four no need for the rest of the clip nigga you done for tell you life to holla back when you want some more, shit I might as well empty the clip just to see how many times I can make yo body flip. I can see yo body full of lead watching yo eyes slip ready aim and like Mr. Trump fire that ass cockback aim first and never be the last to blast, leave you leaking in yo seat cook a nigga body from head to feet with the heat, hot enough to melt that ass I stand to deliver counting the seconds that yo life last no questions ask the clock is tieing and I'm ready to blast (I got something for that ass) wrap you up toe tag you and then melt that ass. One hollow tip, two hollow tip, three hollow tip four, now open yo mouth and let me know if you want some more. I'm ready to stand and deliver, and yall niggas ain't ready forward I wonder how long will this niggas heart beat for just holla back potna if you want some more, ready and willing to give you what you ask four, times a waiting it's death before dishonor and yo life is what I'm taking yo death is in the making shoot first no question asked always aim first and never be the last to blast

Wrap it up and send it to me send it all to mef
I P.I.M.P.I.M.P.I.M.P. just ask around I bet all these hos know me
(*just some pimps up *keeping these hos down*) to (give the power to the pimp) (I PIMPIMP seriously bring the hos to me)
just leave the pimping to me, master of ho stroll is where you find me, bring the hos to me, owner of the ho stroll pimping seriously, no questions asked just bring yo money to me it's pimping has is what their suppose to be

* rewrite

You got me fuck up nigga that bitch ain't my bottom dime around here money is the bottom line cash before hos so stop wasting my time pussy ass nigga I stay stuck the grind but when I want to get suck up I'll keep that bitch in mind you can have that bitch homie I'm just fine even when she was my bitch she was never mine. I can't help homie I'm mezmerized by the grind but when you finish up and zip up put that bitch back on the shelf around here homeboy handcuffing here's is bad for yo health that bitch ain't my bottom dime to get yo feeling straight I'm straight nigga stop wasting my time I got no time for these handy me down he's me and my money doing just fine but you know homeboy I'll keep that number in mind a little something something whenever I find time then you can have that bitch back as soon as I hit that right after I zip up mine just keep that in mine that bitch ain't mine just remember that my nigga when you throwing out that line to me that bitch ain't even worth a dime why would I worry about a handy one down ho when to busy getting mine mezmerized by the grind so stop hating on yo self my nigga and stop worrying about mine that ain't my bottom dime me and my money doing just fine I'll send this bitch back to you as soon as I zip up mine I'm sorry homeboy I'm still stuck to the grind around here cash before ho's money always the bottom line so do what you do screw what you screw and nigga stop hating on mine shh don't tell nobody I'm still stuck to the grind.

Just pick up the phone I got a bullet ready and willing to send you ass home. If you want to die you know what number to dail, like the Sandman I'm ready to put that ass to sleep and I've been waiting for a while, shit a nigga ear to ear give a a nigga a homemade Koolaid smile and I've been waiting for a while.

*I'm a boss, I stay dipped in the sauce, a town haust, if you don't want the fuck with me potna then that's your loss I ain't going nowhere I got pounds to go and keys for sell investing in real estate keeping it street smart, it's all for the love of the game homie and hustling is an art I'm boss and I can't look back just money motavated, making money making moves I already got stripes homie, I ain't got shit to prove stacking up that bail so you know I can't loose I'm knee deep in it. Staying stuck to the grind if I ain't making money then I'm just wasting my time keeping my cash in the stash so they can't find it, gripping my pistal grip protecting my shit you can keep the bitch I'd rather have the grind bitch, just don't snitch and get pimp slapped with the ??? a bitch we keep it pimping over here playa potna I thought you know I'm boss nigga keeping that money moving doing what bosses do, I stay dipped in the sauce I like to step in and step out too, if these niggas keep talking shit they'll get pimped slapped too I'ma boss nigga so I do what bosses do, you said you don't fuck with me potna so I can't fuck with you

Hook

***

(at the end of hook repeat line 1 and 2)

If you ain't with me, then you against me
One of these motherfuckas tried to million dolla hit me,
If you ain't with me, then you against me
These niggas the reason why I keep my strap with me
If you ain't with me, then you against me.
If I gots to die I'm making sure yall
niggas dying with me.

*

You can open up yo mouth piece and suck on these come rest these nigga please I only got time for cheese they can't fuck with a nigga with nuts as shole as these you might as open up the mouth piece and swallow these nigga I know you know better then no fuck with these G's

* (3)

Blow yo light out like a candel I gotta a .45 that I love to handle put holes in a nigga and watch his body desenagrate always ready for these niggas who love to hate next time it me or you waiting and willing ready to put yo head on ice nigga don't touch me don't test me if you want to you can roll the dice and pay the price for fronting bitch nigga trying to live my life I don't give a fuck about that ho that bitch ain't my wife they come they go but you touched my money and that's life and now it me or you and the price is your life so if you want some come get some I got something for that ass, I'm out here waiting on you hoping yo life don't last, waiting and willing watching the blunts pass.

* * *

What we here for. To take out anybody testing elimate the targets with no second guessing

What is your function to shoot first leave no time for questions elimate any target friendly five is fine once you cross that line that ass is mine what is your goal to take out the enemy even if it takes time were here to kill all sir that ass is mine. You stay where you lay crossed the line now that ass gotta pay where ever you fall is where you stay somebody gottas to die so let the gunshots blow it's time to let them all know yall crossed the line now yall all gotta go will they find the bodies nobody will ever know yall niggas crossed the line now it's time for yall to lay low somebody gots to die lay down and stay down plant your face in the dirt where you stay is where you lay yall niggas crossed the line now yall all gotta pay

BLACK WINDOW

Getting mine smoking lime on the grape lime I can't wait until I make it home and cross the state line. Get it while you can you should be, holla, at yo potna might as well get it from me. Smoking black widow because it's fuck these bitches. Putting the fire to the flame, man fuck these snitches white widow and purp #2 ain't hard to find you might smoke good but, nigga you mix ain't as good as mine. I smoke 1 of a kind, kicking back to ease my mine. Putting the fire to the flame don't you wish you could smoke like mine, just kick back fuck with yo boy and fuck these bitches of mine Northern lights. And that purp ain't hard to find. I bet yo bitches don't grow and taste like mine.

All mighty pimp hand I respect there for keeping these hoes in check, quick to put a bitch in place with five finger cross the face, bitch better have my money ho, bitch stay in yo place. Money over bitch, bitch leave now I need my space bitch better have my money when she comes through or catch five cross the face bitch stay in your place.

I told the bitch, she's sitting on a gold mine, you can keep you just let me inside ya mine, once I got yo mind your mine my all mighty pimp hand is one of a kind, a diamond in the ruff like you is hard to find, just sit back relax soak up this game and ease ya mind, hook line and sinker once I got her mind she's mine pimp hand one of a kind a bitch like this is hard to find. Bitch shut ya mouth when you here a pimp talking never walk infront of yo pimp when he's pimp walking your job is to handle business and I'll keep these tricks in line, go head handle business knock em knock one at a time money is the bottom line, everything will be alright, I keep it pimping, pimping, and pimping takes time and money is the bottom line I got the baddest bitches around and they stay on the grind and never hard to find. Go head and handle business I'll keep these tricks in line, remember money first and first in line just remember that your sitting on a gold mine, stuck to the strip with a pimp hand that's one of a kind.*

*

With nine's 44, 45 and shoties always ready to delivery ready to make yo body shake and shiver nigga we stand and deliver give a nigga a full clip straight to the ??? lay a nigga down face down in the dust when I'm on dust quick to bust we deadly bitch nigga fuck danger as we aim to bust pussy nigga don't fuck with us for funds we lust we make bodies lay down and when the lay down they stay down these dead motherfucker don't walk around here they too busy sleeping with they flesh seaping don't fuck with me dare the nigga to come fuck with me I'm already gone insane in the brain needy to put one in your dome if I should die before I wake I hope I don't die alone that why I shit shower and share with the chrome cocked and ready to fill you up and leave your body heavy I went through to bless you but my fam wouldn't let me do it next time it's you or me bitch nigga 2009 slugfest no more first to cuffs bitch I'm aiming for the head and kneck I'm to hot to handle

* *

I'm from the land where niggas cook hard water make it boil up and simer down and then want for it to cool down let it dry break it up cut it up and then pass it around slanging hand balls all around the town. The Big O where it ain't nothing wrong with a good push where niggas get down, stuck in the game on the hunt for the all mighty dolla making bitches holla and they always holla back. The Big O where some niggas don't even jump off the highway no time for pussy niggas, so pussy nigga don't come my way coming from the kind of hard hitters, wig splitters and go getters so if you a pussy ass nigga then I know you not with us fucking with these niggas who stay down to bust, stay yo pussy ass at home and don't fuck with us we armed and deadly fuck dangerous we cockback and aim to bust and aim to touch to push a bullet through but one ain't enough for me I wait until the whole clips through forever representing the yea area I thought you know, where real pimps, playas, hustlas, killas, dope dealers, and head splitter do what the fuck they suppose to say tell them a pussy ass niggas don't even bother to come through the police might kill them.

Bitch better have my money come through
I don't care bitch what you going through
Pimp life bitch, out all night
Know what pimp life is like
If I don't have my money know what I'm going do
Bitch better have my money come too
I don't care bitch what you're going through
Pimp life bitch out all night, know what pimp life is like
Bitch tell your friends that she can come too
Bitch better have my money come through

Bitch I don't give a fuck about ya, but my pockets won't do without ya. <u>Pimp life</u> bitch I'm glad I found ya, bitch better have that money come through. I don't give a fuck what you going through I'm a pimp bitch that why they pay me instead of you, pimp life, I'll pimp you and your friends too I'm just doing what pimps do bitch better have my money come through I don't give a fuck what your going through, stay out all night don't fuss or fight and make sin they pay you if they don't you know what I'm going to do I don't give a fuck what they want to do bitch better have my money come through tell your friends they should fuck too pimp life bitch I do what fuck I'm suppose to do pimp life bitch doing what pimps do. If the bitch don't have my money bitch you know what I'm going to do, bitch better have my money come through, bitch better have my money come too

Pimp life bitch stay out all night, don't fuss or fight and the tricks will pay you, bitch better have my money come through. If you don't you know what I'm going to do. If you handle business right they will pay you.

I wish I may I wish I might push the best cream in sight my pockets got an appetite I hope I don't get caught tonight up before daylight to make sure I ??? right

If life is but a dream and I'm out to get the green and I'm out to push the cream, part of America of dream team where life is not what it seems do I die and fly high when I wake up, still waiting for my work to shape up do I die or when I fly high do I stay up, or am I just out to push the cream using it as my only way up so when I climb up I stay up no time to wake up I'm too busy doing my thang waiting for my work to shape up, or I will die with my middle finger to the sky blunt in my mouth watching the smoke fly bye always ready to die they say the weed don't lie, but only time can tell and the gates open for me or was I born to raise hell out here living in these streets making every day work sell it's self never out here just for my health I gotta do what I gotta do, I gotta take care of self I'm too hot to sit and simmer and sit of the shelf being broke is bad for my health. I gotta do what it do, I gotta get the green, even if I gotta push the cream I gotta feed my pockets first so I stay up no time to wake up, my life is screwed up but my pockets on they wake up kicking back watching it sim simmers and shape up I guess the American Cream Team is my only way up I got no time to wake up I too busy staying sky high watching the time fly bye they say the weed don't lie, it is all a dream even when I'm ready to die. Watching the smoke fly thinking of money first no time to ask question I'm waiting for my work shape up no second guessing I can't afford to be broke I'll let the streets answer the questions, I'm just doing what I gotta do to make my pockets stay true what works for me might not work for you the gates might not open for me but they might open for you, I'm just out here waiting for my pockets to grow up but no matter what I do traffic will never slow up I'm only trying to make million waiting for my pockets to blow up it's cold out side out here waiting waiting for my pockets to wake up just another day another dolla waiting for my work to shape up. If life but a dream and I'm out to get the green doing my part in the American Cream Team but is it all a dream or am I just out to push the cream doing what I gotta just to get that green, out here facing Heaven or Hell so I might as well sell is all a dream if not I can't tell no check to check no more I live in between sells wondering if I'll make to Heaven if I'm living in Hell

** rewrite

I'm too hot to handle too much for your bitch to hold we ballerific way out of control, we do it big round here, put yo bitch on stunt patrol, If you ain't from round here then nigga you gots to go and you can them other hating ass nigga that I said you so because I'm stunttastic, I'm releasing that hot shit for ya, this is hot shit new age hood classic you can't just listen to it a regular volume, turn the shit up and blast it, I'm too hot to handle ballerific straight hoodstastic if you can't handle the smoke, then go ahead and pass it, can't just listen to it at regular volume turn this shit up and blast it, I'm too much for you bitch to hold straight stuntastic, the quality check I passed it, time for me to put the blunt to the flame, light it up and no need to pass it. Now turn this shit up and soak up this hoodclassic I'm too hot to hold, I'm ballerific out of control straight stunttastic turn this shit up a knotch and listen to the speakers blast it

You been hitting that too long go ahead and pass it Gave me a test for street game and nigga I passed it. Coming up with new age shit, fresh hoodclassic. You can't smoke with me potna you stiff armed my blunt and didn't pass it

*

Respect death. It's death before dishonor you gotta open up your eyes when it's time to lead the lambs to the slatter nigga it's death before dishonor you can tell your life to holla back I'm coming to release the beast, yo life the reapers taking that, it ain't nothing you can do when death calls for you, your time's up nigga and your life is through it's out of my hands now, the beast out of the cage so your life is through the reapers coming didn't you hear the reapers calling you death before dishonor. Your life is through ain't nothing you can do when, put the pieces together to serve

Death calls for you death before dishonor

If you ain't dead yet your just wasting my time, got a whole clip waiting so jump in line if you want to die first that's fine, death is the bottom line the reaper ain't hard to find. Fuck these fake niggas and bitch nina??? don't go up will put a hole in your face to put you in place, I hope you remember the taste, bitch nigga crossed the line and got his head earsed, death with no chaser nigga take it straight up you a unloyal nigga so you had to get hit up, I'm here to make sure when you fall down you

* rewrite

You said you were my homie, and you don't even know me I can't trust you all I got myself, me and I you can push that bullshit to the side fake motherfuckers don't last to long you can keep that between just you and I, you ain't no kin to me you ain't never ever been a friend to me, the only one I can count on is me and only me, you can lie to yourself if you want to just don't bring that bullshit around me, instead being the one to pick me up, your the one trying to drown me when I'm down and out your never there but when I'm up your always glad you found me, when I get mine don't ask me for shit and stay the fuck from round me, you just another hater in the crowd just trying to down me. You ain't no friend of mine I'm as real as can be homie. I'm one of a kind as real as it gets. I can remember when I needed a helping hand and you didn't hand me shit not a helping hand, not a piece of the pie you didn't hand me shit I've always been there for you and this is the thanks I get, you ain't my potna so don't ever ever ask me for shit, not a sac, not a blunt don't even ask me for a hit, you can't even smell my smoke burning from me you can't get shit. you say you know me but you don't know shit, if you asked me for the time of day I wouldn't tell you shit. I'm the only one there to catch me when I fall. I'm the only one to wade through the bullshit when the rain started to fall. Just myself, me and I, I stay down for self until the day I die. I can't afford to trust nobody and that ain't no lie. They say God helps those who helps themselves so why don't you give it a try. You say your my homie but I can read between the lies, fake motherfuckers don't last too long, you ain't never been a friend to me the only one I trust is me and only me you can hold on to the bullshit if you want to but bring that bullshit around me. The only friend I trust is me and I'm being as real as I can be you say your my friend and you don't even know me, you never been there to console me next time you see me in the streets just act like you don't know me I think that's the least you can do homie

I worth more then tear, what you for the truth is right here

This could be my last chance one more life to live the truth right here the truth appears to disappear put it in yo ear then I'm out of here

* rewrite

I can remember when Kool Aid didn't last that long, waking up early Sunday morning yawning to the smell of breakfast momma in the kitchen cooking up a hot plate, she made the food but you had to make your own plate, always some left even when you woke up late, homony grits and pancakes, fried eggs and fresh made homemade waffles and bacon to go around the table, blurry eyes and open plates always willing and able listening to the laughter echo in the kitchen back in the day there was never love missing. Momma asking for early morning sugar, her price for cooking a hot meal. I love the smell of breakfast in the morning family life is my bacon and eggs momma only had one job and five mouths to feed but we always stayed feed, my cinnamon and spice of life, the only one who knew how to bring my life to life! Always there to help me polish up my ego if I had something to hide inside, she knew how to let me let it go unless it was a homemade waffle then I couldn't let go my ego. Loving the life that family brings, waking up to the sounds that early morning music brings. I was her little man, but I felt like a king listening to momma frying eggs, listening to her and the radio sing, so many wonderful memories Sunday mornings brings back sometimes I wish I go back and never come back, remembering the smiles and faces of the past that passed on, wondering how time passed and some any lives passed on, left with stories and memories of the pass holding on to them try it always hoping that they last remembering Sunday mornings and the time that passed the days where Kool Aid didn't last long the days where I use to watch momma cooking in the kitchen singing me a love song holding on the memories as life goes on.

You can keep my nine to five bitch as long as I get time off for good behavior I could give a fuck about you bitch. I'm steady stuck to the grind and I ain't worried about shit if you want my job come and take my shit, I'd rather honor my nine then a nine to five any day bitch

Get my hair laced with game

rewrite

You produce hate, and I produce protection ready to eat you alive there is no second guessing, only time to react you hate me and I hate the way that I have to react, close range hand to hand, and military issue is the issue, you can start the fire and I'll send something threw you sharper then a gensue just for you, the shock and a technique load cockback aim and release you produce hate and produce that shit to hollows out and eat, ???let the bullets burn the meat, they told me it was dinner time so I came out to eat skin this motherfucka alive and now it time to eat, not what's beef the opposite of protection assault with a deadly weapon for flexing so no flexing, no testing the nutsac armed and ready to bust so you can't bust that, a dead nigga is a dead nigga and a dead nigga can't bust back, you can continue to produce hate and I'll continue to bust that, you said I'm rusty now show me where the rust at my aim is to aim and perfect the technique you won't have time to argue or bitch when your leaking in ya seat I cook so I ain't gotta problem eating beef, you produce hate, and I produce protection for these niggas testing my testees hit them with the pest killa and have em dropping like fleas for trying to test these. You produce hate and I produce bullets like these, I don't need to use the scope when I handle business face to face like Gs, you produce the hate nigga and now yall niggas dropping like fleas bet you ain't never felt the burn from bullets like these.

*rewrite

Send a bullet through yo belly belly, when your dead and gone ain't shit you can tell me, before you die I'll make sure you feel no pain no mercy no remorse as I watch the bullet bury in yo brain. Watch for the red dot, and you better hope to GOD I don't find the right spot, one to the dome with the help of the all mighty infrared dot one bullet one shot through the right spot and it's lights out another man gone with his lights out. Birds of a feather suppose to fly together get high together dip and slide together no matter the weather. We suppose to be ready to ride and down for whatever especially when we push that snow it sad to see everything fall apart as friend turn to foe and it was all for the love of the dough and we were suppose to stay tight no matter what went down we were suppose to stay down suppling the block moving pound for pound I walked away from the bullshit after all the bullshit went down it was all bad for me going through pain yall couldn't see in a situation where wasn't all about me the last thing I expected was one of my closes niggas to hate on me. No love shown no love given now it's back to the block again and every day living you turn yo back on me no love shown then no love given I gotta do what I gotta out here to make a living. I wonder what would have happen if we would have stuck together like we were suppose to you were suppose to be my nigga for you there wasn't nothing I would do until the love stop falling through wasn't no love you I'm just out here doing what I gotta do.

Ho still ??? so you already know and it feels so good, always remembering that yo ho is just a bitch to me riding around the area making that all mighty currency super hard with it, if it's game on the table then you know I spit, it and feels good, using that all mighty mouthpiece lace them down and make em tie them up I'm laced with game, no need to handcuff she'll be back when she's good and ready just as soon as they tip up, and feels so good, she stay down for that all mighty doller making her face understood, yo ho is just a ho to me, since I schooled her to the game, now the whole town love me, and it feels so good throwing it up out the window letting them know it's all good, no need to persuade the ho, if she's wit me then you know it's all good, riding around the area making my hood understood and yes it feels so good, remember yo bitch is just a bitch to me, I stay money hunger so profit is all I see, in love with that fast cash and that all mighty currency, and you know it feels so good. Keeping them in check when it's time to collect making my game face understood, and it feels so good. Yo bitch is just a bitch to me, if you don't want yo bitch, then send her to me, I stay money hungry so profit is all I see

*

This nigga smells like bullshit to me you can sit on a hot metal dick, and let it cook that ass for trying to fuck me I'm too straight to let yo gay ass touch me, so don't test me, you might as well jump off the testees don't bring that bullshit round here, we keep it poppin we don't fuck nothing but pussy round here so it's best if you stay yo pussy ass from around here, I ain't got no time for bullshit yo can keep yo ass bitch but if you want I can load up the K and release something to fill you up with don't bring that gay shit around me, I should skin that ass alive and bury you in salt for trying to fuck me. I hope the clip from the K finds ya, don't worry about me that's just the AK unloading behind ya, I know if I'm pacient the clip will find ya and don't worry about a thing I send the rest of them gay motherfuckas behind ya hoping when I bury that ass they don't find ya, fucking with me you'll need more then a bodyguard and a vest to hide ya. Hoping to GOD I don't miss I been patient long enough and I been waiting for this, I bet yo ain't got hit by the AK from close range like this, up close and personal just to make sure I don't miss, ain't a nigga in the world that can fight an AK and fully loaded clip, so watch yo lip where you around me and when you're sitting on that hot metal dick of yours don't bring that bullshit round me. I stay straight with a fully loaded clip ready to make sure you appreciate. You can fuck with that bullshit if you want to bitch nigga I'm straight.

** (1)

I can remember back in the day doing flips over fences just another street soldier just another day in the life in the trenches back in the day when pussy wasn't new to me, a little hard headed youngster wasn't nothing you could say or do to me, a little prince letting my momma rule over me, back talking as I walk away when my momma asked me what did I say I turned around and said nothing and turned around and walked away back in the day, when the streets had love for me match 5 and 5 or 10 and 10 and roll up a fat dub with me remembering back in the day when DA block had love for me, staying up all night saying nothing on the phone until I had to go to sleep you can always call me at home, kicking it with the neighborhood cutie; with the booty I done seen before, trying to get her alone so I could get some more back in the day what more could you ask for back in the day when family and friendship was the strongest smoking blunt after blunt to see who could stay awake the longest back in the day when the bond stayed strongest and everyday last long soaking up the sounds on the radio, coming from the town where 2 short was a hero listen to the sounds of life, back in the day standing at the dice game holding on to my money to afraid to roll the dice because I hate to loose living the life of a street soldier with everything to gain and nothing to prove, just another day in the life I live, back in the day, when I was young I'm not a kid any more but I sitback and wish I was a kid again back in the day when there was more kitchen cuts then braids where momma kept the refrigerator stocked so we could get for days, back in the day when I used to help momma deseed the brown box she knew I knew better then

** rewrite

Bounce with me bounce with me bounce with me bounce with and watch the bass shake the place and bounce with me bounce with me bounce and let ya ears get a taste bounce with me bounce with me bounce with me bounce with me and let them know we own the place and just bounce with me bounce with me bounce with me bounce with me and let the rhythm feel the place and just with me like we own the place

Feel the beat bond with the lyrics and stick to your mental with a taste for bass listening to the beat shake the place, tell the DJ to lace me up. Feeling the bass shake the place hoping I don't drop my cup, music will never have enough of me feeling the bass bounce with me. I see you big booty centre come and shake with me Mr. DJ turn the music up and let the place bounce with me. It don't matter how yo shake it, as long as you don't break it we can take it any where you want to go tell the DJ to turn the bass up and them know you want some more and just bounce with me, bounce with me bady and show me what you working with, tell the DJ to turn the bass up because I love the sound of it and hold on and just bounce wit me, in the club packed tight and all we do is this I'm a true playa to the heart with a gangsta twist, trust me pretty lady you ain't never had it like this, a little something you might miss, tell the DJ to turn it up turn around and bounce like this and shake what yo momma gave ya. Ain't nothing I can do to save ya once you get mesmerized by the beat feeling ever so close I can feel your body heat, ain't no stoping no once the beat gets you on your feet once you feel the heat ain't no time to find a seat so just bounce with me and tell the DJ to turn it up bounce hitting so hard I almost dropped my cup lett the music feel the place I could never get enough so come on and just bounce with me, you can give me your name and number later, let's take it one step at a time a beat like this is so hard to find move it up and down just take your time, let me take you home after the club that ass is mine so just bounce with me.

I must be doing something right for these haters to hate me somebody dropped a dime trying to get them boys to pull me over and tape me, I must be doing something right for these haters to love to hate me hoping they can caution tape me. I must be doing something right for these haters to love to hate me. Somehow the tables turned, somehow they all bet against me, somehow some how the law knew the game plan even though I had nothing with me. Sorry officer all I got is my balls and my word, I ain't got shit except for the blunt to burn, and by the time you got here the blunt was almost gone, I ain't got shit on me, and I ain't did shit. Somehow somebody crossed the line and call the police and told them I was riding hot so they come and raid my shit, just me the officer and the smell of weed smoke in the air as I get questioned by the S.O. (Do you know where you where this blunt came from) No officer I do not know, waiting for the dispath to finish talking, they say the K-9 is on the way, I just got back in town, and somehow the officer knew exactly when and where to arrest me with only the smell of weed in the air, I hope they don't have enough evidence to catch me, fiending for a ciggareet feeling the urge to smoke hoping that the officer will let me, somehow someway they knew when and where to find me somebody must have tiped them off trying to get me handcuffed and arrested, my cigareet almost gone as I see the K-9 unit pull up, I hope they don't somehow hate on me, and plant something on me, see people I know drive though and I got the feeling that they must have been the dispatch to, hoping they don't freecase me, I ain't got shit on me (Sir do you smoke weed) Yes indeed the K9 might smell the smoke but you won't find a seed, I know I'm clean but they know I stay dirty watching and waiting for the K9 to sit down, the dispatch tried to snitch on me homie all for the love of the game I just back in town and ain't a dame thing change, they told me if they didn't find shit they'd let me go, waiting for them to finish up so I could go inside, I got pounds to blow, I stay fresh and clean so they already know they couldn't find shit so let me go (Sir we know you know, we know you stay connected, we didn't find nothing this time, but sorry Sir we had to check it) I just got back in town and somehow they couldn't get me even though they all bet against me, the dispatch called the dispatch and the disbatch told them boys to come get me somehow I made it through a sticky situation even though them haters hate against me. Made it back alive even though the disbatch bet against me. Just another day in the life with them against me, somehow someway this time they didn't get me, staying away from all the hater who bet against me trying to get the law to convict me somehow I made it even when the tables turned against me.

hold it steady aim load and then unload with an extra clip ready to reload busting freely watching the bullets explode as your body emplodes don't test the technique leave a hole in ya body and watch yo limbs go weak as your body leaks, the mind of a street soldier trained and ready armed and deadly just me and my gun ready for combat I'm a hood nigga I don't know how else to react street smarts I don't lack, I believe in the Art of War I can send you the whole clip just let me know if you want some more. I stay ready for action what do you think I came here for, no time to keep score just another talie mark to mark down just another hole another ho to put down, bust another clip just because I love the sound slug for slug busting rand after round, round here no time for ho shit we hold it down round here another shot fired another ho down here, no time for fear in the Art of Combat only act and react only load and unload hoping they can't bust back I have no choice but to bust that now show me where's the rust at, busting fully automatic metal jackets I love the sound of that, hold it aim and steady busting armed and deadly I have no choice but to win when it's them against me, with my gun with me victory is all I see, I have no choice but to win when it's them against me, checking the scope looking for the next mark sent to me these niggas ain't shit to me, just another talie mark to mark down Slugfest 2009 out here filling up the ground, watching the bodies fall as the fully metal jackets

(2)

All these nut swanger can permanently sit on my nutsac and bust on them niggas don't be afraid to bounce back, you can take the jimmy to, I got a nut stain just for you so open up and swallow, sucking on my long John like a champagne bottle I like to make it rain next time don't forget to bring your goggles Mr. Come Drinka if you like how these concreate shoes fit I can be the one to sink ya. They trying to leave me floating in my own pool. I been around the block before homie I'm no fool

I can smell beef when it's cooking I know your the one behind the scope plan another hit like Angela Lansberry in Murder She Wrote, but who will be the first leap to croak if you feel frogish nigga I keep the A to the Kter ready and I don't miss a beat. I want you to open up wide so you can feel the heat, have them bring flowers to your gravesite and rename the street Mr. Pistal packa I got something hot and heavy waiting for you up under the seat ready to let you get a taste of my heavy metal Mr. Tweck Tweck leave you limb fuck weak I got to touch the the nigga for trying to touch me.

hit the ground, ain't no coming back I'm hear to watch your soul release load and unload and release the beast just me and my all mighty gun releasing this all mighty heat. So don't test the technique

*

Relaxing fucking back chilling hot summer night lobster boiling steak grilling, down state looking for a steak surrounded by a couple badass bitches to help fill my plate, I want life I ain't got time to date, my hands to ruff and I can't stand to masterbait so don't hate on me, just give me some, tell your friends the more the merrier they can come through if they want to slide through, you can fine up the green because you know I do, loving life and all the fanacy things that life brings, chilling down state with a hot plate to match yeah I love the taste of that, you gotta roll up if you want to watch me, when your finish come up and snatch me

* (2)

Walking on the sands of time, holding on to the timeline searching for peace when peace is hard to find, what do you do when it all ends when time against you and you can't stop the seconds from falling, I know they watch my every move, I have it all to gain and nothing to prove but I could learn it all walking on the sands of time watching the minutes fall, listening to the TIC TOC of the clock staring down the barrel of time, knowing it's all real holding on to time even though time kills, watching time fly bye and life is worth more then a doller bill watching the watchers watch me at all ends, being judged at all ends, wondering who will judge the watchers who watch me when it all ends. Holding on to every second as time keeps falling.

I ain't trust no one

Not much time left
feels like I'm running
out of breath, running
out of life so close
to death, heart beating
eyes racing I can
feel somebody chasing me
I know the time would
come when death would
want me, the day life
would give me away
and death would take me
There's nothing I can do
There's nothing I can say
living just to die another
day, not much time left
feels like I'm running out
of breath, hoping darkness

isn't the only thing left
met the day that death
came and life left
I can't hold on I'm
running of breath.
Not much time left

*** rewrite

Until it ain't no fight left in me, no life left in me, until the man upstairs, comes down to get me. They waiting for my downfall that why I keep my middle finger to the sky, fuck ya knowing they're waiting for me to fall, hoping I take them out before I take me, but how can I win against all yall, just me myself and my own until I'm gone, ain't no need to pack just time to go home, The only way I win is if He forget me, got everybody and the mommas trying to get me, hating to see me shine in the sunshine, holding on to chrome because they out to take mine. And death is the bottom line, I'm a hard type of nigga to find the last of my bloodline, leaving whenever death takes me, the weight of the world on my shoulder is great and I'm bond to break before life shakes me and hands me over to the other side. Hold it tight griping chrome when it's time to ride wondering what life is like on the other side, putting the blunt to the flame trying to maintain, on the look out for these niggas trying to put a hole in my brain

If I remember correctly nigga you got it from me

*

I'll blow through them for you, just tell me whooooo, whooooo, whooooo, whooooo, tell me whooooo, whooooo, whooooo, whooooo, I'll blow through them for you, just tell me whooooo whoooo whoooo, whoooo whoooo, just tell me whooooo, whoooo, whoooo, whooooo whooooo

*

Don't let these fake motherfuckas rub off on you
Don't let these soft motherfuckas rub off on you

Hooks

You's a motherfucking bitch
Ole fake ass bitch, motherfucking bitch, ole dry mouth switch,
Ole fake ass bitch, yous a motherfucking bitch, ole punk ass bitch, yous a motherfucking bitch, yous motherfucking snitch, yous ole hating ass bitch, oh punk ass
Bitch bitches like me that's why they suck on me
It's not my fault bitches like to suck on me

If you need a pick me up that's fine I got the line online. You know I ain't hard to find. Keeping proper that's fine they might be listening on the line. I got something I'm trying to loose I some unwanted weight, that guarantee feel good the kind that will make numb if you want some come get some, it probable won't last too long. I'll hold when it's time to hold on until it's all gone, so slide through.

*

Of the same feather always down for it all, it's hard to stand when one of your best men fall, I'm just out here keeping my head above water just trying maintain, going through thinking about the next time we meet life is too short and everybody wants to compete even though we live to die that's why I keep my chamber full to the brim knowing they might try to take me out just like they did him and I can do bad all by my only when my nigga passed away I cried for two weeks straight and didn't have anyone to hold me, expect for me myself and I remembering his death knowing bullets don't lie why did it have to be my nigga to die Keeping my ears to the street but nowadays even the streets lie and my nigga was a soldier to the heart. I never will understand how the bullshit started, but I know my nigga life ended caught one to the brain. If your listen I miss you man I hope you keep an eye out for me until we meet again, I lost my nigga that's why I can't win

* I don't need enemies but enemies seem to need me, want me to bite the bullet ready to aim and pull it [I *wonder how many bullets they got with my name, engraved ready to hollow me out itching to pull ready back and take me out the death threats I can't count the list too long. I just hope they never forget me, and miss me when I'm gone, I ain't got no back up just backbone and a tight grip on chrome hoping when they come to take me I don't die alone. Blessed and cursed at the same time, too many of them out here to take mine knowing I ain't never hard to find, hating the way I shine in the sunshine, but love hating on mine. I can't afford to trust they lust to bust, trying to get me to bite the bullet and watch me get carried away, so they can spend my mine all in the same day, left with no time to pray so where ever I stay is where my body will lay, looking out for gunspray ain't no way I can win with the world against me, it's only so much I can see I don't need enemies but enemies love to hate me, hated around the world as far as the eye can see, going whenever death takes me and I'm never willing to die you can see the fight in my eye, chrome steady until the day I die, just me myself and my own chrome tight. I can feel the haters hoping I die tonight, I hope I catch them sliping when I clutching chrome tight

I can send it through the pipeline let the West and East Coast connect and make the connection ante up no flexing it's time to get in where you fit in no time for second guessing put your money where your mouth is I got it all on deck. I got it ready to send it through the pipeline and let the West Coast and East Coast connect

***

Until the day I die, I aim high, I stay high, I yeppie yeiyea with my hand on strap to protect my yea, niggas from the block don't play that's why I spray, that I say I stay high, I aim high to protect my yea until I die, I yeppie yei, yeppe yei yea

I'm not the middle man I'm the pathway
Let the money rain on me
pick it up throw it in the sky and let it
RAIN ON ME

**

You can't let em know where you rest at catch ya slippin give em some now tell me where the rest at, no arrest, now tell me where the tech and the vest at, I'm cold with cockback but the trigger what I'm best at, now arrest that and show me where yo head at.

I'm here dead that aim and test that everybody knows what happens when the trigger man cockback, to lock that, aim to spot that, cockback and rock that, you can stop that, my tech spot that

**I use the key to unlock that, I got that

Three years of torcher three years of pain going through life with the weight of the world on my shoulders with three years of strain

I don't know if I could ever be same again because of this three years of torcher, three years of pain

(2) * *

To touch it without her permission that's why she never kept the box locked, messing around with momma pistal with no bullets to cock, back in the day before handcuffs and probation days before the started hating, staying out after the street lights came on while my momma stayed up waiting, back in the day when we used to split 1/8th go out stay stuck to the grind and burn a blunt to cellabrate, back back in the day before the sell of cokane but not before the first time I had a strap aimed at the brain back in the day when I was almost too much to handle and too cold to fuck with you had one chance to cross the line and then that ass was done with back back in the day when I was young I'm not a kid any more but I wish I was a kid again.

****

*Taking these niggas out the game is how we stay alive hoping you don't survive
Mr. Concreate feet
In cased in a coffin from head to feet bow down except defeat bury them alive holding yo breath is your only way to stay alive sealed from head to feet I gota price on death I'm the one that makes yo brain matter spattler the most
Before I rest in peace
Hit you in the pocket where it hurts so you can eat
I'll except anything you can't beat except
I'm here to make sure death saves a seat

* rewrite

Stick around and you'll get a taste of what my life is like living to die under the spotlight ain't no COP in me I get down with the get down, and once I start ain't no stoping me keeping the ball rolling even though they always watching me, just an every day hustla trying to be all I can be living to die under the spot light in the lime light is the life for me where living in the spot light isn't all it's cracked up to be. I can make it all and they can take it all watching the scales teter but they won't fall another bonafied hustla with a taste for it all you might watch me stuble but you know I won't fall, out on a money making mission so my pockets stand tall I want it all and I'm not afraid to work with it out to let them know I got it so come and get it, stick around and you might get a taste, clean as a wissal 100% base with zero to no after taste, that good shit that numbs ya face if you a hustla from DA Block and keep it on lock then I know you can relate, eyes on me at all times and I still can't help myself out here on these streets being broke and down and out is strickly bad for my health just another hustla trying to be all I can be hoping they don't take me out like my nigga in mence to society, playing it's meant with all these eyes eying me, I'm a hustla when I'm out on these streets MONEY is all I see living in the spotlight ain't no cop in me

Time waits for no one, no time to turn back the clock, watching the watchers watch me listening to constant TIC TOC, watching the clock as the seconds go bye time waits for no one and seconds don't lie, walking on the sands of time with no time to look back. Thinking about the time that I've lost, I could never get back once it's gone it's gone, and when it's gone it can't come back, walking on the sands of time with no time to turn back once it's gone it's gone and it can't come back watching the watchers watch me knowing the time that I lost won't come back only the future knows what the future holds for me. Time doesn't lie that's what the clock showed me, as the watchers watch me listening to the tic toc of the clock, being judged at all ends, I wonder who will judge the watchers that watch me when it all ends I stay focused with my head on straight as the minutes keep falling, Tic Toc Tic Toc listening to time eat away at the clock time waits for no one taking advantage of every second because time won't stop walking on the sands of time watching the watchers watch me searching to find peace and my piece of mind, but peace is hard to find when your falling through time, there's never enough time to look back once it's gone it's gone and once it's gone it can't come back doding every obstacle that dare come my way listening to the TIC TOC of the clock as time drifts away. Knowing the watchers watching me every moment of every day knowing that I've been through it all under the microscope at all times as the seconds fall, and the seconds don't lie, walking on the sands of time as I watch them ??? time fly bye, I could slip at any time wondering why you judge me, is it for your crime or mine watching the watchers watch me while I live this uncertain life of mine. I guess I'll find the answers to the question I seek in due time on my search to find peace and ease my peace of mine knowing living the life I live peace is hard to find.

12-07-08

*** rewrite

Walking on dust with gun we bust for funds we lust for, pushing snow for dough we sell ho, act like you know, my 44 not for show my face is well known what I'm a hide for, I'm use to backstabers what I'm a look behind for, niggas break the rules in the game and you wonder what you died for, if this nigga ain't got nothing to hide what he look behind for. I stay up why you think I walk the line, never stepping over the line, these niggas cross the boarder line, hating to find me with this nine of mine. I ain't never hard to find what's with it nigga come cross this line of mine, me and my nine makes two none for me a whole clip for you you ain't shit to me just something to blow through so nigga do what you do my nigga do what you do, you tote steal nigga and I hold two one for me one for you let me know what it is nigga and I'll come through you got time for me I got a clip for you ain't no love nigga I know what true haters do, park some slugs in ya side to slide through, I seen the nigga if you only knew I should've pick up and aimed at you if you know what I'm talking bout then this is aimed at you, I ain't never been fake. I do what real playas do, fuck them niggas them niggas can fall too, it ain't cool nigga don't bother to fall through I know the game I know I could fall too, real niggas die too I know the game so I expect you to do what I would do, so fall through you know it ain't hard to find you, with yo click right beside you, yo bitch right behind you. You know me nigga I ain't the nigga to lie too, you seen my ride I seen ya ride through, I'm a rider rider so open up I'll slide through, they want to know if I remember yo face nigga and you know I do, but worry next time I'll pick up pull out and deframe you. They want to know if I lust to bust and you know I do bitch nigga fuck you

Ouie, ouie, ou that the train when it's time to slide through

Owie, owie, ow, hit a you're I see you sliding what ya riding I know yall want to do, owie, owie, ow with you're give me you name and number you know how I do, I see you sliding what you riding why don't you and yo potnas slide through Owie Owie overwhelmed just slide through I get down with the get down so if you want to get down just come through owie owie ow you know how I do. I get down with the get down so you and yo potna should get down too Ouie, ouie ou

BLACK WINDOW

These bitches don't need no money, just some tender loving and some sunshine and my bitches will do just fine, white rhrine and that purple #1 will do just fine, putting the fire to the flame. Roll up and smoke these bitches, and watch the smoke fly bye. If I said I didn't these bitches. You know I lie. I'm just trying to get high watching the smoke fly bye. Smoking that black widow that's find to find that one of a kind. I bet yo bitches don't grew like mine, sitting back rolling up something fat just to ease my mine, all these bitches need is so good tender loving and some California Sunshine, and they'll do just fine. Putting the fire to the flame. Don't you wish you could smoke like mine, these bitches take time, the taste is one of a kind, sprinkle a little bit of juicy fruit to help you find the right kind, putting the fire to the flame, to ease the mind fuck with me, it's fuck these bitchs, rolling up this black window of mine, all these bitches heed is tender loving and some California Sunshine, a little bitch of bubble gum might help you ease yo mind, a season that's fine letting soak up that California Sunshine, bitches like mine are hard to find, top knock bitches, these hos stay one of a kind smoking these bitches to ease my mind, I bet you don't smoke my kind, if you need to use some of that pussy cat (cat piss) you'll be just fine, these bitches are hard to find, rolling up something fast just to smoke mine, dame this shit's one of a kind. These niggas can't hate on mine. I bet yo bitches don't grow like mine now I bet yall niggas don't smoke like mine, these bitches are hard to find rolling up something fast, because it's fuck these bitches, as I sitback to ease my mine, a season just takes time. I knew these niggas don't smoke my kind, I bet you wish (grow) you could smoke these bitches like mine, a combination like mine is hard to find, smoking this black widow, I bet yo shit don't taste like mine, I bet yo black widow don't grow like mine. Now tell these nigga they can't smoke like mine, the black widow is one of a kind. Putting the fire to the flame smoking these bitches that stay hard to find. That black widow is hard to find.

After riding *

It's just riding it's time to make a get away and throw away the throw away after making them all fall down no fucking around, we do shit they don't know it's time to clean up, hoping no body's following we do what riders do, we gotta stay clean no time to look back. They crossed the line ain't no time to look back. I'm a rider doing what riders suppose to, they had to die so I let nina do what she was suppose to. They all had to say goodbye that's all I know, hitting block after block making sure they can't catch me, I'd do it again if the nina let me. I told them niggas not to test me, and they did so I to hang up they nut sac, we hit hard wasn't time to bust back after I bust that filling yo body up blowing holes out yo back I'm a rider doing what riders do, like Steven Segal I had a license to kill I had to renew and watched them all fall down, they all down and out ain't no time to turn back now I'm a rider rider doing what riders do, they crossed the line, and they had to die it's was them or me, what else are you suppose to do in the hating eyes of the enemy. I'm a rider rider ain't no looking back after the sound of the gat, time to get away after the gun spray and after the smoke clears I'm gone with a blunt in my hand with my hand on chrome I'm a rider rider doing what riders do, don't worry I got a safe spot willing and waiting with a tool just for you. If you have any problem call and I'll come through riders

*

I often wonder if my luck will ever change hoping I don't left out and stuck in the rain staring off into space letting my mind drift again thinking about my life and the things I go through keeping my mind ??? because there's nothing to hold on to so I hold on to the pain because sometimes that's all I have to hold onto I wonder if my luck will ever change or will I get left out again and stuck in the rain staring off into space again wondering if the sun will ever come out again inhaling weed smoke again to ease my mind loosing track of time staring off into space wondering how I lost my motivation maybe I need a little change of pace fighting for time and I'm losing the race should I pick it up or should I keep my pace wondering if my luck will ever change or will I loose the race stuck in the rain as I stare off into space, where do I go from here will were this road take me holding on to life knowing that life might break me in two because of the things I do, sometimes I wish I could just over again and start a new, where do I go from here where will this road take me wondering when did life start to hate me hoping the blues shake me and ease my pain stuck in the rain inhaling need smoke again

*

Wondering how can I will driving on a road that leads to nowhere driving on an empty highway just trying to find my way, wondering how did so many black clouds come my way, blowing O's at the rearview hoping the sun comes out today hoping the rain stops today hoping someway somehow I'll find my way on this empty highway watching the smoke bounce my way, trying to wipe the rain away hoping the smoke takes the pain away, driving alone on this deserted empty highway, loosing track of time doing whatever I have to just to ease my mind, out here searching to find peace and any peace of mind hoping my luck will change and wash away the pain, push away the clouds so the sun can shine again as I put the blunt to my lips and take another puff again when will my luck change

So I can live life again, listening to the wind hollowing as the smoke fills the air, driving on this empty highway just trying to find my way wondering when will my luck change and life go my way, driving alone on this deserted empty highway, hoping the rain stops and life starts going my way, as the smoke floats my way, just another doller, another day hoping I don't get lost and loose my way

Just open up wide and home girl we can do what it do, if she antie up on it she can hit some to letting the block shake the place just doing what I do doing whatever my beat boxer tells me to

If these niggas ready already and bottomed up then about that time to slide through, if yo homegirl wants to get down with the get down she should get down with my potna to out here young and out of control just doing what hiphire do, yall niggas can't hit my shit for free tell them niggas now yall gotta ante up to, yall should have known the rules and regulation before it was time to slide through I shouldn't even fuck with yall niggas yall niggas easy glide to, if yall ain't figure it out yet I'm just take another to the kneck and just do what I do. I'm all about my money man and I thought yall niggas knew, I'm stepping in the party doing what the beat boxer do turning it up making the bass shake I thought you knew

You know I'm coming when you hear the beat shake shake, bass making yo head shake rattle and roll, another super hard hyphve young nigga ugly out of control I got that grape on deck and I'm never scared to roll up a box and straight take it to the neck hot boxing in my <u>beat boxer</u> with the AC on so I don't sweat, most of these niggas out here softer then Kotex easy glide ass nigga scared to slip and slid as nigga these niggas taking to long to roll up I'm out because all about my cash niggas call me when yall ready and don't forget to lotion up that ash niggas as I jump in my beat bastic musicly inclind beat boxer I'm always hungery on the block my stomach screams steak and lobster I gotta do what the hunger tells it to I'm a block mobster, out here just letting it do what it do, tell yo home girl if she fine she can be my bottom dime and yall can roll through as I put the pieces of the puzzle together making the connection signaling the connection come through I want it all I bitches coming through and I ain't the one to trick so ante up or open up and swallow dick it ain't hard just open up swallow and lick I stay think, wit it, when I'm wit it roll through don't be shy tell yo potna to come to

*rewrite

I need money and money needs me I tried of getting steped on out here sticking to the game plan because the streets home out here on chrome I ain't never alone smoking a blunt to the face releasing the stress on the dome I ain't got nowhere else to go out here on these streets is the place I call home hoping I don't die broke and alone keeping my finger on chrome another bonafied hustla stuck in the zone living under the spot light the only way you can feel me is to walk in my shoes to get a taste of what my life is like here one minute and I could be gone with one roll of the dice I get down with the get down because I live a hard life, ain't no COP in me I'm out here on the hunt for cash trying to be all I can be hoping them boys don't look for me stuck to the grind with all eyes on me listen to me <u>ain't no COP</u> in me

• I talk white but never over the phone not even when I'm caught in the zone if you slip up you just might catch the dial tone, you can get endicted on your own, out here doing too much to have them catch me on the phone, you can get arrested on your own

*Grap something calapsable attachable to fold that ass up, I snapped cracking what's popping once I start I ain't stopping, listening to the sound of gun metal watching the bodies start dropping tell him to stand up if he wants some more fill that ass up worse then before I'm so hot, I'll burn the skin off ya and off ya homeboy, switch for semi automatic to automatic just for fun homeboy this here is more then a gun homeboy (put the pieces together to form the beast) I semi automatic to automatic just for (whatever you do don't bring your hate toward me) fun homeboy, trick they ain't for kids they kill for fun homeboy, I got semi (this is more then just a gun yo life was but to take) automatic to automatic dreams that it (life take built to break ya filling you up something nice) keep you on the run homeboy, catch a (leaving you cold as ice fuck you that's life) clip to the dome homeboy, make the bodies (around here bitches donot last the long, filling that up hill please) hit the floor before you make it home (gone time for your life to move on so move on) homeboy, catch the lone homeboy I'm (me on my own time plus I'm on one two (hotter then I'm suppose to this niggas done, now give me something else to blow through. You should've kept your mouth closed shut like I told you, once their gone, their gone now they all on you, I hope once you make it to the gates of hell they blame it all on you, the nigga tried to fuck me over so I let the clip fuck you

Like keek sneak said mmm that's what your face get. I can feel a mother hit coming oon I can taste it another nigga down for the count I'm wasted taking a followup charge to me ain't shit, but a nigga like you is soft as shit, don't even fake it that nigga ain't getting up I KO the nigga before I even finished my cup, ready to throw up drama if you want some ready to knock out any nigga in the vasenity for grilling me, leave you twitching and shaking ain't no coming back from that I'm a town sluger I hit more homeruns then a Louieville sluger baseball bat

No take that and let me know how it taste. Now get yo potna out of here yall niggas funking up my place If that nigga step to me he'll get his face earsed, that's what that nigga get for invading my space, if you ready to kiss canvess then come out a taste. I got a right hook laced with game, ready to loosen the mouthpiece have you bed ridden seven days a weak. So sue fly sue don't bother me you put your mug in my face so my first had to bother you, you can tell how yo face feels when you wake up after taking that one two

Ahhh die motherfucka, die motherfucka die, I'll even put in an extra clip just to watch you body flip, die motherfucka die motherfucka die coming for yo life and that's no lie, it's time to die yo life is over bitch nigga kiss yo ass good bye, die motherfucka die motherfucka die gotta a K full of lead nigga coming for yo head nigga, die motherfucka, die motherfucka die

**

Sandman passed but the pump die motherfucka die that what pump screamed when I blast it got a shell with yo name on it and my trigger finger ready to blast it leave a hollow hole in yo body nigga I'm pumptastic, die motherfucka die bitch nigga that what yo ass get, leave you sinking red leaking six feet deep when I creap I'm coming to bury that ass die motherfucka die, motherfucka hit you up top and watch you sink below die motherfucka die motherfucka die just because I said so, I can't keep it on the low I want everybody to know die motherfucka die motherfucka die and tell the devil to watch out below die motherfuck die just because the pump said so I know they smelled you leaking so they all gotta know one shell, two shells watching up insides blow I'm pumpstastic with the pump, I can spread the lye and tell it, bury that ass head first in the dirt hoping to God they can't smell it, if you had a sole I'd sell it told that bitch nigga to fuck with me die motherfucka die motherfucka die now a hole, with a ho in a hole is all I see bitch nigga die slow for fucking with me dead filled with lead and I know I ain't the last one to fill that head that nigga striking, sinking and leaking as I'm speaking so I know that man's dead, I told that nigga not to fuck with me so that man's dead, die motherfucka die it was OFF with his head, all for the love of bloodshed. DIE DIE DIE AHHH DIE DIE

I want it done to them just like it was done to me

These niggas love to talk shit about me, these bitches too, all I got to say is fuck you

Mr. Spirit breaker holding his life taker

Sharing is care bitch so, suck and swallow, until my shit is hollow, just hold on a minute I got more nut to follow just get down with the get down, it's all good with me bitch you can such and swallow as far as the eye can see I see you down there gargling while your staring at me like a porn start, I guess she something like porn star, but I ain't paying shit, sharing is care so bitch swallow dick, and tell me how many licks does it take to get me to bust a nut, she said she can feel me when I'm come though I fuck bitch only now excuse me while I bust on you

A ho is just a ho, so you should already know that yo bitch is just a bitch to me, you might seep bitch panties flying out the window so you should already know that yo bitch is just a bitch me, yo ho is still so you should already know yo bitch is just a bitch to me, yo bitch is just a bitch to me*. I should holla at some bitches and pimp my self for trying to turn a ho into a housewife, got ahead of myself dipping in trying to get in where I fit in me, when the bitch want to gobble dick she opened her mouth and sent for me I ain't in the army but I stay all American bringing all I can be, yo bitch spit you out but she loves swallowing me, I telling you, yo bitch is just a bitch to me she lite weight told me to put her on the ho strole, so can make a profit, it's all or nothing bitch once he start we ain't stopping, money making the world, go round, loving when she gobbling me up and that sucking sound, mm and [it feels so good, riding around the town making her face understood, and it feels so good as long as the money come my way then you know it's all good. I told her to let em know that it feels so good. Yo ho is just a bitch to me just to me make it understood throwing up the funk everywhere I go just to make my hood understood

You can suck on a metal dick open up and swallow hollows and once you bite the bullet it will be more bullets to follow, punk bitch swallow and let me hollow you out, go head and bite the bullet so I can watch yo brains blown out take this ho out, he smells like bullshit to me once you bite the bullet yo death is a sertenty, it's him or me and nigga I pick me take a nigga head out for trying to fuck with me nigga yo death ain't enough for me. No need for names so shut that ass up, let you bite the bullet, and bury that ass after I wrap that ass up, it ain't shit but metal spit to me, I had to put a ho in hole because the ho tried to fuck with me, motherfucka should have known better then to fuck with me. Catch a K to the face and take a bullet to the kneck you smell like pussy to me so I might as well leave you wet bitch made niggas out here softer then Kotex

Hook *** write (rewrite)

Enough, enough, but enough is never enough for me, I'm hot right now so get your hands off of me you don't want nothing you ain't insulting me, time is money and look what you lost in me.

I know I'm hot, you can smell the neighborhood block pusha Mr. Slow cooker if I woulda know you were against all odd I woulda cockback and took ya, you smell like bullshit to me getting mine back ain't shit but a quick fellony, you phony rudy poot bitch made dick in the botty ass nigga, don't be sunrise if don't see me laying low key itching to blast with loyal finger on the trigga, I can smell the bitch in you, here homegirl handle my light weight nigga I'll let my bitch end you comasary ain't shit to me, yall niggas HOMADE you just a bitch to me, I put the food in yo mouth and you want to bite me, I guess we'll see who bites first, this nigga said he got a glass of funk and I'm dying of thirst, give you the clip to yo ass drop I stay hard nigga I'm more than hip hop, I'm the nigga with my finger on the trigger ready to cockback and watch that ass drop yo death ain't shit to me, I can sit back and watch you die, I can even be the one to fill you up homie, and let the bullets slow roast that ass don't you know I'm a street soldier I thought I showed ya, I don't give a fuck about you homeboy because I don't know you

You should listen to yo niggas and let yo niggas keep you in line you ain't, untouchable my nigga, so getting touched will only take time I stay hungry my nigga always on the hunt for mine, I'm a make you work it off for me one doller at a time, I'm getting mine and that's all that counts a fellony ain't shit to me stay ready to load and unload and spit with me homie you owe me and I'm coming to take what's mine I made it this far so I might as well take what's mine, nigga yo death ain't shit to me I aim to aim and fill you up homie you obviously don't know me and all I want to know is cash, it's time to ante up homie smoke you like a blunt homie I think this clip will do you justice, let the block pusher slow cook ya and bury that ass I want my cash without it that ass can't last, and I won't it all plus intrest, you already seen the hidden fee, a fellony ain't shit me always ready already incase them boys find me, ready to put you into dirt because I don't like looking behind me, I want my cash and you know where to find me

All hundreds of fine by me

No need for back up just backbone that's why I'm always on my own the lone wolf hollowing on my own no time to pick up the phone I pick up chrome and put one to the dome bitch nigga don't fuck wit me back up and get wrapped and sent home I don't need back up I'm a handle this one on my own just me I'm all alone. Now what you won do, I got a semi automatic pistal grip just waiting for you waiting for something to blow through, you won't have the luxury of dying in the arms of the next man, I'm ready to send you home to your maka Mr. Fill a body bag Mr. concrete feet waiting for deep sea drag, and when you're gone I hope they don't miss ya I waiting a long time to let this clip hit ya fuck around a be Mr. Hole in the head, now open up your brain and catch lead No need for back up I got backbone hit this nigga in the head all by my lonely, catch a bullet from the clip and the rest of the lead homies. Why pick up the phone when I can pick up chrome, hit you where it's hurts and bury that ass on my own, call me Mr. Get Back, fuck you nigga me and my clip been waiting a long time for that

But don't pass my nut homeboy, I can leave you leaking and when you do dirt shh no speaking, I don't see shit but I know these niggas will kill you down here don't you know I kick it with niggas that can hit ya from way over there so just beware I bite I don't bark I don't keep score my nigga to me you ain't nothing but talie mark Mr. Rudy totie I got something that'll move ya real sharp like that'll blow right through ya so don't let the smooth taste fool ya, I'm stuck to the grind my nigga so death might choose ya so potna don't fuck with me, and tell yo bitch she ain't handcuffing me I got to stick to the script I'm on a money making mission in the kitchen cooking a tight grip, if you know what I mean I'm too tuff for the truff and I keep that 100% clean. Mop the floor with that ass my chopper stronger then Mr. Clean ready to Mr. Sanitize the area and bury if you know what I mean, yall niggas ain't nothing but germs to me I'm the realest nigga standing yall niggas look like bitches to me. I'm a bonafied hustla so tell these niggas if they want it come a get it from me

The Arsenal
Half Man Half Insane Verbal Assalt Life or Death

I can see the haters through the fog, knowing their dying to come and get me on a mission to take me out, me myself and I and whoevers standing with me, I ain't never scared like Bone Crusher if you want me come and get me, load the clip cockback ready to unload on any one that's not with me, if your not with me, your against me. So if I got to die, I'm taking all yall moterfuckas with me, hoping the extra clip tips the scale in my favor with all bets against me if you want it come and get me, so I can put it in your brain half man half insane, I see them creaping trying to catch me sleeping on a mission to take me out, I might be the underdog but never count me out, anything is possible once I pull the chrome out, half man half insane so I'm here until they turn my lights out, or until I put their lights out, no matter what the lights out somebody gotts to die so let's the guns blow, hit them where it's hurts and bury that ass on the low, I see the haters creaming through the fog and they all gotts to go, close range straight to the brain so I don't miss, keep my hand steady point and aim and pull with a twist. I'm the one that said I hate to see it end like this, they all come to take me out but I have until I'm gone so never count me out give it my all and try to take it all without a doubt, here until I'm gone ready for them to turn the lights out. Them against me, I guess it's the way it's suppose to be I sent the word out, so they all came to get me just me myself and my chrome standing with me, ready to blaze, out maned and out gun, but never out for the count I might be the underdog but never count me out even though they all bet against me somebody gotts to die and it's them against me half man half insane, so if yall want it come and get me I'm taking yall out one by one in burying anyone who bet against me half man half insane if you want it come and get me and turn my lights out I might be the underdog but never count me out I hear gun shots. This might be the ending, my life is on the line and yall think I'm just pretending when I'm gone I'm gone, light a blunt at my ending I see them coming through the fog ready for a first hand killing, this is only the ending but keep it on the low if I die, I die so let the guns blow

These niggas hate on me because they I talk proper, they need to close they mouthpiece and tell that bitch to shut up before I cockback and sock her, hit these niggas where it hurts head shoulders knees and toes push yo head back potna for fucking with pros cut these niggas down and push them over like dominos, just for talking shit I'm a man of my word and yall niggas ain't worth shit, making sure I spit in your direction trust me homeboy my nuts are not for testing I'm here to put the street on lock I'm always open homeboy here 24 hours round the clock, once it's on it's on because they game don't stop tell that bitch I said she sitting on a gold mine. If I catch that ass slipping homeboy, then that ass is my I need a new bottom dime but yo bitch will do fine time is money homeboy so don't waste mine. I'm always strickly stuck to the grind bitch if you need a real pimp then I'll do fine, bitch better have that money on line as long as I'm the pimp and yous a ho will do just fine tell that hating ass nigga of yours I got that proper on line

Game so tight they thought I was pimping long stocking, I got game for sale, a true hustla to the heart all about my business loving to stack my capital, collecting mail, shit I ain't doing shit else so I might as well, sell addicted to street game taking care of clientell all about my mail pimping some watching the clouds fly bye in love with Mary Jane and they hate me for it, but you can't worry about the hater, haters do what haters do me I stay true to heart, turn my hustla into an art, and they hate me for but haters do what haters do, I just keep my game up until it's time to renew, ain't nothing else I can do I know you hate on me, I'm true to the game that's why I don't hate on you, this nigga must've forgot I'ma hustla to, I keep my ear to the street pimping doing what hustlas do, you do you don't worry about mine pimping never forgets just keep that in mind, forgive me for taking so long to earse these hater, pimp my but business takes time, I got something in mind.

* a + b+ c = D
(Great Lyric + Great Delivery + Great Beat) = Great Song
Great songs = great albums
Location of sales + advertising & marketing + promotion + cliented + product = $ Sales

10-16-08

RIDING OR LET'S RIDE

I'm a rider if you want you can ride with me, you can ride with me, you can ride with me, I'm just riding you can ride with me, you can ride with me, you can ride with me, you can ride with me, just riding riding you can ride with me, you can ride with me, you can ride with me, you can ride with me just riding riding you can ride with me, you can ride with me, you can ride with me, you can ride with me, I'm just riding

[Get em up stick em up hit em up and give it to em give em something to remember that will blow right though em I'm a rider and you can ride with me load up sip dip and slide with me, fuck with me, I'm a rider it's fuck em all it's time to hit em up stick em up line em up and watch em all fall. I'm a rider rider, you can ride with me, leave no one alive if I gotta die, then they can die with me, they crossed the line trying to get me, that's why I brought my nine with me, load up and unload face to face time to bury these niggas that hate, and break em down they crossed the line, it ain't no time to fuck around roll down the window it ain't no time to back down give their bodies something that will blow right through I'm a rider rider, doing what riders do if you want you can ride too] I'm a rider rider you can ride with me you can ride with me, you can ride with me, you can ride with me, just riding riding you can ride with me, you can ride with me you can ride with me, you can ride with me, I'm a rider doing what riders do if you hop in, you can ride too, just riding riding you can ride with me you can ride with me you can ride with me, you can ride with me, just riding [Keep yo eyes open and yo mouth shut don't bust until you see the hate in their

Die motherfucka die motherfucka die, cockback aiming letting the bullets fly, you gots to die and the hollows don't lie, take the wheel while I still bust steal, riding and I shoot to kill, just riding riding like a rider suppose to, not a stain on me because I sent a whole clip through ain't nothing you can do when the riders come for you, just riding riding like a rider suppose to, out to bust yo head wide open steal still talking shit, these nigga play hard but I don't give a shit, I'm just riding riding, like a true nigga suppose to do aimed and steady armed and deadly, this nigga said he'd wet me, so I hit em with the tech nine to protect mine like I'm suppose to just riding, riding putting the right size hole in a nigga like I'm suppose to doing what a true rider suppose to], just riding riding you can ride with me you can ride with me, just riding riding like a true rider suppose to, ain't nothing you can do when the riders come for you let's ride, you can ride with, you can ride with me, you can ride with me, just riding, riding.] Kill em all and watch em fall one by one sometimes you need violence to increase the peace when ever nessasary release the beast to rip through tissue and watch em fall, pay attention to the AK spray these niggas crossed the line now it's time to pay, their dead where they lay dying to pay, but we take no prisoners. Kill em all, show no mercy and watch em all fall down, bitch nigga kiss the ground and tell me what loosing yo life is like, these niggas got to die for sucking with my life and while your sucking concreate nigga tell me what death taste like we riders doing what riders suppose to do I was going to give you the whole clip but now I'll send you two, keeping it real doing what the riders suppose to do let's ride

They want me down and out for the count dying where it hurts ??? it counts, outnumbered and outguned they got me on the run, hating for ??? got me dodging bullets from semi automatic to automatic guns and I can hear every one fly pass, ready to burn a hole in my body, caught me naked in the streets without my heartles twelve gauge shootie, I know bullets burn but I hope they don't touch me, I hope they can't catch up, I'm worth more to them dead then alive. I gotta stay alive doding semi automatic gun fire to make my life expire, somebody hired guns for hire, waiting for them to to finish the clip and sase fire, I hope it ain't my time to retire, it ain't time for me to let go keeping my head down listening to the guns blow, all over the snow I knew the gates open for me but I ain't ready to go, listening to the guns blow. Must be them niggas from up the block [bullets burn alot I don't know from experience but I heard a lot they caught me naked, if you shoot at you get shot. Hit with the glock something piping hot and bullets come they come none stop. I'm running I can't stop if I slow down they'll take the life I got, these niggas from the block waiting for my hear to stop], I can't stop, making moves when it counts, knowing when it's time to stay and when it's time to bounce I can't let them caught up, and do me in running for life and death no time to run out of breath, the clips not empty yet, time to hold on before I catch cold and catch death, listening to the gun fire I know they only got a few left, staying strong holding on keeping my head down trying to catch my breath, knowing they're almost out of bullets but they might have another clip left, (It's me and my block nigga) till death do us part they got hot ones for me when I start I can't stop until I reach saftey I know these bullets ain't got love for me and these niggas hate me hoping life holds on before death catches up and takes me, hoping my lungs don't break me it's the same nigga shooting, last week tryed to shake me mad at a nigga because I refused to let them break me they want me to pay plus intrest (niggas ain't shit) as they reload the clip, I gotta keep it moving ain't no time to slip, hearing the click clack when they pull back hoping I'm not open, them against me with them steal scoping, my legs are all the help I got keeping my head down avoiding every shot, they clips almost empty and I ain't catch nothing hot, knowing they won't follow after they empty the glock, I'm naked they caught me slipping wheater I killed or not, I gotta keep it moving wheater I like it or not before I catch sometime hot, caught me naked in the streets trying to take the life I got, keeping my head down now they down to the last shot, just another day another doller surviving on my block made it to saftey without taking any shots from the glock

Life is hard on my block watching out for them niggas at all time that scheme and plot

Shut em up records

Shouldn't play chicken with an automatic gun

Shut em up records 604-0428
John B. 437-5089

[So long life, preparing for death knowing everyday standing could be my last one left, I seem to be running out of real niggas, I seem to be the last one left so long life with just a roll of the dice if my life is up then I'm prepared to pay the price, so put the dice in my hands and let me roll the dice I'm too hot to handle until I'm cold as ice. So I keep the dice in my hands I'm ready to roll the dice prepared to pay the price for life I'm prepared for death so, so long life here today gone tomorrow with just a roll of the dice so long life]

Ain't no time for talking speaking words unsaid no turning back now I'm prepared to die until it's off with my head out here with a price on my head they said I'm better off dead I'm prepared to die hoping they die instead why does it seem like the real die first and fake nigga die last here today gone tommorow with one shot from the shotgun blast, these fake niggas can't last hoping I ain't the last to blast shoot first and ask question last hit em up hit em high and then hit the gas ready to hit em all when I pass hoping I don't pass but that the price you pay life is hard and around here niggas die everyday so long life I'm ready to pay, shoot em up bang bang, that's the price you pay, you stay where you lay ain't no coming back from that ain't no way in hell that nigga can bounce back no time to act I just react, paying the price you pay it's said round here niggas die everyday. So so long life here today gone tommrow with just a roll of the dice I'm prepared for death ready to pay the price pistal grip griped now so long life How can I win when I see death around every block I bend knowing hard niggas die to, sometimes life make other niggas pay the price for you, if you ride with me you gotta be prepared to die too never knowing when life might give up on you, give it to em close range living life insane here today gone tommrow with one shot to the brain no time to watch the rain, life is hard round here where everyday niggas shot em up bang bang if them niggas were in my position they'd propably be doing the same thang, no time for talking I just let my nuts hang dying round here seems to be an everyday thing sombody make that fat bitch sing and tell life goodbye filling you up until I can't see that twinkle in yo eye, so goodbye and so long life here today gone tommrow with just one roll of the dice, just another day another doller surrounded by niggas ready to take my life, so put the dice in yo hands nigga and roll the dice and say hello to death nigga and so long life it's time to pay the price. I'm still standing but that nigga's as cold as ice, just another day another doller another roll of the dice I'm prepared to pay the price so so long life, when you live the hard life death is the price of life so so long life

Hoodlum, hiethen hulagan, just another menice to society, just another product of environment, with my whole life spent raised with a penatentry mentality and I'm sick and tired and sick and tired of getting stepped on, looking for the next act of random violence to move on just to move on, ain't no future out here for me, I make a better living being a menace to society, with all eyes eying me, but they don't say nothing, hardly anything to look forward to so I don't say nothing, ain't no time for fronting, but I have no problems confronting you when it's that time to put a nigga back in line out here for a street check and respect to make sure you can't take mine, looking for a better way takes too long. I gotta pay the rent so I gotta get a move on, so I can move on because I'm tried of getting stepped so step on or get gone, ain't no time to play, with you out of my way would make my day a better day and that's all I have to say just give me what you got and I'm gone, just because I'm sick and tried and sick and tried, and sick and tried of getting stepped on just an unsatisfied nut with no luck

*

Same shit different toilet with more drama then my momma ever gave me. I'm the only one that can save me. I may bend but they can't break me even if death takes me, I'm here and I ain't going nowhere now come out of pocket it's time to share because life ain't fair, just another hoodlum, Mr. Menice to society looking for another form of release, just another pycho releasing the beast, unfeed stressed out with no form of relief, I want to be more then a common criminal more then just an average thief, I'm sick and tried and sick and tried of being sick and tried. I'm waiting to blow up sitting here waiting hands steady waiting for your pockets to throw up give me what you got and get gone now leave my sight before I put one to your dome, be careful when you walk the streets. You never know whom someone like me might follow you home, I'm just sick and tried and sick and tried of getting stepped on. (Dame homie almost got his head blown, got to be careful out here roaming these street on your own someone like me might follow you home.)

(rewrite)

Stuck in the Trenches

I keep my head up and eyes opening, hoping for another day, another doller in the trenches, it's just me and only me trying to touch the sky before I die I know life don't last that long, a street soldier on a money making mission trying to stack as much bread as I can before they bury my ass and ship my ass home, I keep my head to the sky hoping to touch greatness before I die just one more time just trying to be all I can be, I'm a street soldier in the trenches they wouldn't let me join the army, I know they want to disarm me, and take what life I got left, I'm running for my life and I'm running out of breath, keeping my eyes open looking out for death, I'm just a street soldier in the trenches, life is all I got left. [I keep my head to the sky hoping to touch greatness just one more time before I die, searching for a piece of the pie, just living life because death don't lie, giving it just one more try hoping to touch greatness before I die just one more time] If you listen to me then pay attention to me it's hard to love life when death is all I see but they don't pay attention to me, I'm just another street soldier out here waiting for death to find me, but I'm a give it my all just one more time before I run out of time, and death takes what life I got left trying to hold on but I'm running out of breath, you don't get too many chance this might be my last one left trying to hold on but I'm running out of breath, out here fighting for my life until I run out and death is all I got left.] I keep my head to the sky ready to give life just one more try just a street soldier stuck in the trenches until the day that I die searching for a piece of the pie, giving life one more try, trying to touch greatness one more time before I die, stuck in the trenches with no time to ask why.] Keep my head up at all time, watching out for death watching the time fly bye I know death is coming for me and death don't lie, stuck in the trenches until it's time to kiss life goodbye, and we all know why I love life and I can't afford to lie, just a street soldier stuck to the script watching my life fly bye holding on to me and mines until the day that I die, if life's a script, I'm just trying to write the soundtrack, running through life, sometimes I don't know how to act, I just react, listening to the beat, listening to my voice bounce back. I know death's coming for me, no time to sleep, just play the beat and let me lace the track I'm from the hood homie I don't know, no other way to react just a street soldier stuck in the trenches, stuck to the grind trying to find a way to bounce back, buring myself in the studio, tell them ho's that I'll be right back, never knowing if I'll be right back stuck in the trenches watching out for death I'm just trying to fight back

** rewrite

We tripping

Addicted to addiction walking on cloud nine, all you gotta do is look up I'm not hard to find, walking between sanity and insanity on a very thin line, just be patient getting up takes time, letting the LSD run through me letting life flow through me, watching the walls breath, and colors change right infront of my eyes watching a figure in the distance turn into two little guys something must be wrong with my eyes, watching the stars change direction right infront of my eyes, watching things disappear and reappear just like those two little guys while I'm walking on cloud nine something must be wrong with my eyes, out of touch with reality something going on but nothing going wrong the beat skip a beat and where all listening to the same song, and nothing going wrong. I'm tripping if you like being addicted to addicted, well you don't know what your missing get your hand out the kitchen and come in here and hit this just inhale the smoke because it smells like this, but it taste better, outside tell me hows the weather, you can't leave me alone we're birds and we have to fly together no matter the weather. I can't see my face, because I'm not staring in the mirror, my vision's getting blury and now I see clearer, now let me hit that, never mind I'll roll my own, I know you like the sound of that now the blunts all gone, now you want to pass that, my nigga ash that, I'm rolling up another one, you don't have to pass that, I must be tripping do you see what I see, nevermind that just a shadow behind me, I'm in side walking on cloud nine ain't no way the police can find me but just incase find a place to hide me, as long as you got that blunt you have to stand beside me

Yeah I'm tripping watching the smoke swing drinking like a fish, I think when I'm old and gray I'll miss this, listen to me and hit this we puff puff passing, I'm rolling up another it's cool just stop asking, we tripping, watching the lovly ladies dance like a light show, I think she likes me because I like snow, we tripping letting the LSD flow through I'm sitting on cloud nine high as I wanta be how about you we tripping, doing what people who trip do if your high on LSD no problem slide through we tripping now what about you, lifting up her panties and how about you, we tripping, doing what tripping people do if she high on estacy then she can come too we tripping O.D. no I don't think so they should stick with us we got pounds to blow we tripping jimmy cracked corn and I don't care I'm too busy tripping putting weed in the air put that out I got enough weed to share it's all good if you got x pills then share sitting on cloud nine come down I don't dare we tripping, doing what tripping people do if you want to get as high as me then you can climb up too, we tripping

*rewrite

Living in this cancerous society

*I'm the only one I can depend on so I perfect the techniq living any other way will leave me dead leaking in the street, hoping they never find me weak, keeping my mind steady concentrating on every heartbeat I keep telling myself I can't be bent hoping they don't catch me weak and leave me leaking dead in the street kissing concreate, lifes a shame and then you die, surrounded by people with fake faces on, I keep reminding myself. If fake people you can't depend on I'm out here on my own I'm the only one I can depend on, you can see the hate in their eyes and eyes don't lie just the devil in desires niggas lights out, it's lights out ain't no looking back now, knowing these niggas on they backs now, I can never back down, here until I hear the sound of guns sound, here until I'm put down, these hating ass niggas may be fake, but I'm real and I stay down, it ain't over until it's over and done with, when the lights out no telling who gets hit, split and broken into, I already through away my dog tags now I'm just waiting on you, when it's time for war, no telling what life has instore for you dying takes time to, It's the first nigga to show love that dies on you. Haters hate the sounds of war, but they love to tilt the scale to change the score, I don't even remember what started this war, or what my potnas died for, all I know is I'm here until I'm gone, until the shoot my ass down pack me up and, send my ass home, I can't turn back now I've been in the trenches for to long, trigger in hand watching the hands of the clock tic toc I gotta protect mine, with my technine and yours they say when it rains it pours, ready to fill that ass up when it's time for war, so let the rain fall, hoping I hit the nigga quick, hoping the hating ass niggas the first to fall, It is what it is until it's all, I'll remember to send yo dog tags when it's yo time to fall, I just hope you don't die alone standing in the trenches with my hands on chrome to keep my lights on. Dear Lord if I die tonight make sure I don't die alone, it's time to turn a niggas lights out with a quick shot to the dome, hoping the rest of your niggas follow that ass home when light's out it's time to go home

LIGHTS OUT

It seems like the first nigga to hate on you, will be the first nigga to put a hole through ya, like he never knew ya with no mercy when it's time to do you in, now a days back stabbing ass niggas seems to be an everyday trend they last the longest because the hate the strongest, cut a nigga down at the first sight of weakness always ready and willing to hollow a nigga out, and turn a niggas lights out, so it's lights out, now a days it's the first nigga to hate on you to get his brains blown out, and make a nigga change his whole route, no mercy in the air when it's time to turn the lights out, now it's light out, ain't no looking back, only time to react, yeah I like the sound of that and when you die don't come back, just remember my face and the sound of gat, holding Mr. Life Taker brought out to break ya, rattle and shake ya, remember that these bitch made niggas kill niggas too, that why I always got an eye on you, it's the first nigga to snitch and squil on you, to be the first nigga to get caught, breaking the rules and regulation loving to hate on a nigga, crossing the game on a nigga with them boys to back him, if it was up to me I'd let the nine bitch slap him, niggas don't respect the game no more, they side with the biggest pocket when it's time for war, so I guess it's time for war, I guess the first move made is the last one that counts, I guess the first man slipping is the first man out, the first nigga to hate on you, is the same nigga to take you out, so move first and turn a

trying to make a million dollers out of fifteen cents, sitting on about a quarter kick and enough to pay the rent, time to make back all the money I spent knowing they would hate on me if they could you know they would, so I'm staying stuck to the grind just like I should, with about a half pound to split, I keep rolling up but this is as high as I'm gone get stuck in the fastlane with no time to sit, out here to make a million dollers out of fifteen cent, I'm trying to buy the block I want more then the rent, when you get a chance ask them hating ass niggas after putting money in yo pocket this is the thanks I get, you done got all the money that you gone get, I've been got before hating ass nigga you can keep that shit, a fuck you from me is about all you gone get, you say yo time is money and I really don't give a shit. I know if the nigga had the chance he'd take my life if he could, keeping my eyes open just like I should, yo money don't make me, trying to take out the line to break me hoping the grind don't shake me, enough is enough but enough is nerver enough for me, realing in the dough watching these niggas love to hate me, the rules might bend but these haters can't break me, I'm too loyal to the DA block so the block can't shake me, don't trust them niggas because them niggas ain't me, out here trying to make a million out of a mole hill, ready to make em holla if they don't bring that all mighty doller back, stack after stack realing in the rent so I can reup and bounce back, never enough change to stack that's why I'm out to get it pack after pack with no time to relax making sure the running back makes it back even if the quarter back get saced, so back up and the playas so room playing russian rulet in the temple of doom, hoping the game don't consume me, so never ever count me out, I'm in it for the loot making every cent count, loving the smell of money stacked in large amounts on that money making mission ain't no other route, so keep on coming back and make sure you bring yo money with ya and after everythings said and gone you can take them niggas with ya, them boys around here and they bond to get ya and get ya for what ya got, so if you too hot say away from my million doller spot, I be pinching pennies to every last drop, It's almost time to reup I can't stay down I'm too busy climbing up, out here trying to make a million dollers out of fifthteen cent, working with a quarter pound and about eighteen stacks out a quarter kick, putting my pennies together when it's time to pay the rent, double checking every doller and every cent, you get what you ask for and that's all you gone get now split. I'm out here trying to make a million dollers out of fifhteen cent with a quarter kick

10-26-08

I'm out here on my own with no place of my own, trying to climb from the bottom to the top all on my own, I'm stuck to the grind, I can't depend on a microphone, I keep money on my mind and [I'm stuck in the zone, I gotta make it, even if I gotta make it on my own, out here stuck to the street with no place to call home, trying to make ends meet and all I get is the dial tone burning up minutes I don't have on this burnt out cell phone. I can feel their eyes on me, they love to spy on me, I gotta get it, if I get caught, then homie it's all on me, these haters hate on me, I need money and money needs me so money is all I see, I'm a hustla to the heart, I've been grinding all of my life I don't know where to start, I picked the game up, and turned my hustla into an art, depending on myself and street smarts, knowing the man above got his eye on me, looking out for the birds in the sky because they love to follow me, I don't know what to do except to stay true, they say you can't hate the game, but what happens when the game hates you, I stay stuck to the grind I could give a fuck about you, I'm out here in these streets doing what hustlas do, if you a hater to the heart then I can't depend on you, you the same nigga that put a lid on me when I was hot, trying to cool me off so fuck you, I just pick the game back up, until I'm back up and continue to do what I do, I make money I ain't got time to hate on you trying to make a space for my own, out here in these mean streets trying to find my own place to call home, flying past these haters and I can't stop, I'm the only one I can depend on, trying to make it from the bottom to the top, I been in the trenches for to long now I can't stop I almost forgot, I can't afford to loose, dare another nigga to judge me and try to fill my shoes, I live the hard life nigga what life did you choose, trying to make life easy, told them I had the game plan but the niggas didn't believe me, my life ain't never been easy, I could tell you my life story but you wouldn't believe me, I need money, no tine to take it easy, I need money and money needs me, I'm staying stuck to the grind hoping to climb from the bottom to the top in due time, staying focused at all time all I gotta do is climb I'm money motavated so I keep that money on my mind, I know it's money in these streets, so it's money I got to find, I just hope I ain't wasting my time, living a life of hard crime, hoping to reach the top in due time, out here looking for a place of my own, always remembering you can't always depend on a microphone

**** rewrite

A world <u>without love</u> is no world at all no bliss no happiness no reason for closeness just an empty void with nothing and no one to care for, no one to hold on to, and no one to share the wonderful times that could have been, a world without love is no world for me, never being able to get close, never having the chance to really know someone or something inside and out, never knowing the feeling that love is all about. I feel cheated in a world like this with no one and nothing to hold on to, living in a world were no one really knows you, no one to console you to help bring happiness and joy, no one to help rise the spirits and bring meaning to such a meaning less world and existence what do you do when you live in a world where no one loves you and no one cares a life with no love and nothing's ever fair. Such a lonly world with no love to share, dying for love and no one cares. Where has the love gone, and when will it come back for me. A world where I can find love, and a place when love can find me, trying to close to gap between love and me while I live in a world with no love for me. Sitting here waiting for love to find me, hoping love never let's go whenever love finds me, where has love gone, I hope it will come back for me. Living in this loveless world that was never meant for me. Leave a light on so love can find me. I hope when love catches up the love will blind me, please love find me.

(These people don't respect ya they just want to write you off and check ya)

SK7

Welcome, welcome I think it's time to bring back that hardcore worldwide gangsta shit, that shit that makes yo speakers pound, your heart pump and yo ears bleed and I got exactly what you need, what you all been waiting for, so sit back and relax, shut your mouth piece and open up yo ear holes, and turn that shit up; gangsta, a mother fucking gangsta I'm a motherfucking gangsta I can't help my self, gangsta I hear it calling my name

Hooks What if like was pretend?

*

It hard to make something out of nothing when you feel like less then nothing, someone less the nothing. I feel like picking up the closest thing next to me and start busting for less then nothing, so I can take something, now it's nothing to me I can shoot em up and kill em all for free it's nothing to me, now how would feel less then me

Hooks

**

All I got is me myself and my <u>one and only</u>, I'm my one and only, friend turn to foes, can't trust no one out here that's what the streets should, I'm my one and only, most of these niggas phony house one and out here all my lony. I can't trust you, you phony, I can do bad all on my only, out here with my one and only, can't trust you niggas, these fake niggas phonie out here with my one and only can't trust these niggas that's what the streets showed me, when friend turn to foes all can I trust is my one and only

[cain't]

They want me to be like them and I can't
Want me to be fake and I ain't
I've been patient for too long, a lifetime
is too long to wait, they want me to let go
and I can't, want me to bow down and I ain't
I'm too real to be fake, here to get mine before it's too late

you already know what it is, I got my game face on, my game face on, my game face on sliding down da block with my game face on, my game face on, homie you know my game face on living the life that I live with my game face on my game face on homie my game face on you already know what it is my game face on, homie my game face on. I know these niggas love to put they nose in my shit we keep it poppin over here playa potna only pimp shit over here, keep the fame I want the money and the game, sit on my million dolla spot like the hall of game we stay laced we game it is what it is to me money is an every day thang don't twist the game, don't switch stay the same even if you change the game it's all about the money man, so be the money man, Mr. High Doller expensive resturaunts, ain't no limit's over here is that clear we do it be, so do it big with yo game face on knowing when it's time put it on and turn it on, I'm after that all mighty doller, making money until it's gone

*

I want a hundred doller bill bitch to make a will with count money and chill with, the type of chick someone like me can deal with, me and my hundred doller bill bitch

You knew I keep it stack after stack ready and willing to send it out pack after pack feel free to holla back I'm a busy man time is money and I know you don't waste that the games has changed and rearranged now a days we call it simalack everythings good as long as that money comes back, who keeps it coming like that business is business ain't no time to cut slack I bet once they get a wit they'll be running back right now the dope game yeah we running that so keeping it coming back yeah had to rearrange the game to keep them coming back somebody told me when your at the top there ain't no time to cut slack I'm one hundred percent homeboy so you can cut that every things everything as long as you keep it coming back ready and willing to send it out pack after pack so feel free to holla at yo homie I keep it stack after stack to them coming back, everything everything as long as that money comes back all you gotta do is holla back, if I don't pick up you know I'll call you right back time is money and I know you don't waste that

TELL ME SOMETHING GOOD, TELL ME THAT YOU LOVE IT YEAH TELL ME BABA TELL ME SOMETHING GOOD TELL ME THAT YOU NEED IT YEAH JUST TELL ME SOMETHING GOOD

I was strolling around the Block one day, about to slang another once of yea, to my surprise them boys where out for my behind so I had to plan a get away

09-26-08

TEARS WON'T FALL

* rewrite

Feeling the pain of life, and the tears won't fall feeling the pain and the pressure of the world against me. I've been through it all it's the world against me, and my back is against the wall too much weight on my shoulders and the weight makes it hard to stand tall, dealing with the pain and the strain of life with the world against me, how am I suppose to win if they all bet against me, the world against me and the tears won't fall, it's hard to stay up when your back is against the wall, praying to GOD hoping I don't fall, I've been through it all hoping I don't miss a step stumple and fall, living a life with the world against me and the tears won't fall, I wish I may I wish I might not die tonight living in this world with nothing but pain in sight, I die in the dark so I walk towards the light hoping that I last the night, but remember even demons walk towards the light, but I wish for heaven never Hell, trying to ease the pain breaking the law of man just so I can stand the tears won't fall so I look for some sort of pick me up so when I'm up I stay up I've been through it all dealing with the every day pain of life, how do they know I already lost when I haven't even the rolled the dice, dealing with a life that is constantly unseen, I know you can find me if you just read between lines, you will find what you were ment to find and once you figure it out never look behind life is more then words and dotted lines, constantly searching, for meaning to this so called life of mine I've been through it all and the world is against me, how can I win when it's the world against me, on the search for answers with so many question sent to me, sometime I step back and wonder if this life was ment for me, always trying to stay steps ahead because the world is against. On the search to find a peace of mine, don't bother bring me down you'd just waste my time. I'm searching for life while so many hunt for mine. I wonder am I doing the right thing or am I just wasting my time, on the search to find truth that lies between the lines, please give me fact not fiction, I can only afford truth while I'm dealing with the pain and the strain of life and the tears won't fall It's hard to live life with your back against the wall trying to maintain dealing with strain so I stay in the light, staying true to life wondering what lies ahead of the light. I search for the answers and I only recive question here dealing with the pain and strain of life wonder what's lies after life, dealing with the pain and the tears won't fall. Living this life of mine, trying to be one of a kind I know if I just read between the lines, there will be some many answers to find, and I hope I find them before they find me dealing with this pain of mine with all bets against me, trying to win with the world against me, and the tears won't fall.

I picked this collection of songs and poems to inspire the world with my expression and view of life from my point of view. I started writing these pieces of art many years ago when I was surrounded by hater in a great time of need. I had to take a journey inside myself and create my own happiness and these songs, poems, and information poured out through a pen, helping me in a great time of need. I wanted to share with you the reader this collection of ideas, hoping to entertain and tickle the imagination of the world. The creation of this collection was a great step in the right direction in a great time of need. I am pleased with the outcome of this collection and hope to bring greater understanding peace, love, happiness and entertainment to you the reader in this great journey called life.

Printed in the United States
By Bookmasters